MALVINO E O FALSO PROFETA

Editora Appris Ltda.
1.ª Edição - Copyright© 2021 do autor
Direitos de Edição Reservados à Editora Appris Ltda.

Nenhuma parte desta obra poderá ser utilizada indevidamente, sem estar de acordo com a Lei nº 9.610/98. Se incorreções forem encontradas, serão de exclusiva responsabilidade de seus organizadores. Foi realizado o Depósito Legal na Fundação Biblioteca Nacional, de acordo com as Leis nos 10.994, de 14/12/2004, e 12.192, de 14/01/2010.

Catalogação na Fonte
Elaborado por: Josefina A. S. Guedes
Bibliotecária CRB 9/870

A345m
2021
	Albuquerque, Mário Pimentel
	    Malvino e o falso profeta / Mário Pimentel Albuquerque.
	- 1. ed. – Curitiba: Appris, 2021.
	    143 p.; 23 cm.
	
	    ISBN 978-65-250-1703-7
	
	    1. Ficção brasileira. 2. Cristianismo. 2. Perseguição religiosa. 3. Movimento ecumenismo. I. Título.
	
	                                                  CDD – 869.3

Appris
editora

Editora e Livraria Appris Ltda.
Av. Manoel Ribas, 2265 – Mercês
Curitiba/PR – CEP: 80810-002
Tel. (41) 3156 - 4731
www.editoraappris.com.br

Printed in Brazil
Impresso no Brasil

Mário Pimentel Albuquerque

MALVINO E O FALSO PROFETA

FICHA TÉCNICA

EDITORIAL	Augusto V. de A. Coelho
	Marli Caetano
	Sara C. de Andrade Coelho
COMITÊ EDITORIAL	Andréa Barbosa Gouveia (UFPR)
	Jacques de Lima Ferreira (UP)
	Marilda Aparecida Behrens (PUCPR)
	Ana El Achkar (UNIVERSO/RJ)
	Conrado Moreira Mendes (PUC-MG)
	Eliete Correia dos Santos (UEPB)
	Fabiano Santos (UERJ/IESP)
	Francinete Fernandes de Sousa (UEPB)
	Francisco Carlos Duarte (PUCPR)
	Francisco de Assis (Fiam-Faam, SP, Brasil)
	Juliana Reichert Assunção Tonelli (UEL)
	Maria Aparecida Barbosa (USP)
	Maria Helena Zamora (PUC-Rio)
	Maria Margarida de Andrade (Umack)
	Roque Ismael da Costa Güllich (UFFS)
	Toni Reis (UFPR)
	Valdomiro de Oliveira (UFPR)
	Valério Brusamolin (IFPR)
ASSESSORIA EDITORIAL	Lucas Casarini
REVISÃO	Bruna Martins
PRODUÇÃO EDITORIAL	Bruna Holmen
DIAGRAMAÇÃO	Juliana Adami Santos
CAPA	Eneo Lage
COMUNICAÇÃO	Carlos Eduardo Pereira
	Débora Nazário
	Karla Pipolo Olegário
LIVRARIAS E EVENTOS	Estevão Misael
GERÊNCIA DE FINANÇAS	Selma Maria Fernandes do Valle

*Agradeço à Luciana, minha mulher,
a cooperação e a paciência.*

— SUMÁRIO —

CAPÍTULO 1: NUMA LOJA DO SUBÚRBIO 9

CAPÍTULO 2: MAIS PROFECIAS. 19

CAPÍTULO 3: A BRIGA NA CATEDRAL 27

CAPÍTULO 4: BELARMINO FALA DOS MINISTROS 33

CAPÍTULO 5: RODOLFO DESAPARECEU! 43

CAPÍTULO 6: O SURGIMENTO DE RODOLFO 49

CAPÍTULO 7: SESSÃO DE SEMIDEUSES 57

CAPÍTULO 8: UMA RESENHA DO PAÍS 61

CAPÍTULO 9: A VINGANÇA 67

CAPÍTULO 10: AS PANTERAS VINGADORAS ATACAM 73

CAPÍTULO 11: O HÚNGARO VOLTOU! 77

CAPÍTULO 12: UMA PROPOSTA DECENTE 83

CAPÍTULO 13: O FUROR ESTUDANTIL. 91

CAPÍTULO 14: MEA CULPA. 99

CAPÍTULO 15: O RESGATE 105

CAPÍTULO 16: UMA REUNIÃO DECISIVA........................ 115

CAPÍTULO 17: BELARMINO RESSUSCITA 121

CAPÍTULO 18: QUEM É O FALSO PROFETA?..................... 125

CAPÍTULO 19: A CHEGADA FESTIVA. 133

CAPÍTULO 20: O CONFRONTO FINAL........................... 139

CAPÍTULO 1

—

NUMA LOJA DO SUBÚRBIO

—

Eram aproximadamente cinco horas da tarde. Ainda era dia claro e o sol projetava intensa luz sobre a casa n.º 35 de uma rua no subúrbio do Rio.

No pavimento térreo dessa casa, havia uma loja da mais estranha aparência. Através de uma vitrine suja e embaçada, via-se um estreito mostrador, cheio de bugigangas, que constituíam o comércio do dono da loja. Nada de extraordinário até aqui; a surpresa sobrevinha quando se examinavam de perto as mercadorias. Via-se em todas elas a imagem do abandono e decadência de uma época: pequenas Bíblias, devocionários, imagens sagradas, santinhos, rosários etc. Ainda no ano anterior, afluía constantemente àquela loja um grande número de compradores; de uns meses para cá, porém, principiara a manifestar-se a reação contra a religião e a perseguição contra os religiosos, e a freguesia desapareceu. À exceção de alguns façanhudos militantes, raríssimos eram os visitantes da loja. Ao contrário destes, aqueles se faziam anunciar por um grande vozerio, ameaças e depredações.

A loja estava agora deserta. O balcão, sem ninguém, fazia acreditar que, a exemplo de seus fregueses, o dono também a abandonara, se não se ouvisse, no interior do estabelecimento, o ruído de vozes provenientes de um quarto que ficava no fundo da loja, um cubículo escuro que dava para um pátio imundo, iluminado apenas por um feixe de luz que atravessava o teto parcialmente destelhado.

A mobília que o guarnecia era velha e malcuidada. Parecia que ali raramente pisava gente. Sentados em volta de uma pequena mesa, sobre a qual se viam garrafas e copos, conversavam reservadamente três homens. Era tal a escuridão, que não se podia distinguir a feição nem o gesto de quem falava; só a voz identificava aquele a quem tocava emitir uma opinião ou expressar um raciocínio. Era evidente que os três personagens se escondiam como criaturas apavoradas, a quem um poderoso inimigo perseguisse, e que para escapar à morte se refugiavam na clandestinidade. Um deles, o dono da loja, obsequiava os outros dois com uma espécie de asilo político naquele lúgubre recinto, de improvável localização, tal era o perigo que ameaçava os "asilados" e os condenava à abstenção social forçada.

Rodolfo, o dono do estabelecimento, tão depressa concebia uma ideia como entrava a planejar um modo de realizá-la. Malvino e Valente escutavam-no atentos; percebia-se, porém, pelas feições abatidas, pela vermelhidão dos olhos, que o desânimo entrara naquelas duas almas tão fortes, e que um pungente desespero corroía seus corações já habituados a trabalhos e dissabores.

Violento desespero os reduzira a tal estado, que era difícil reconhecer neles os homens de energia e vontade superior, cujos prodígios eram conhecidos e respeitados pelos seus próprios inimigos. A luz de esperança que viram brilhar, por momentos, no horizonte da vida, depois de doloroso sofrimento, apagara-se, outra vez, na escura noite de um porvir incerto. Era esse o pior dos infortúnios; tinham de lutar com o mal impalpável, com o ignoto. Tratava-se de vencer um inimigo invisível; dirigir golpes ao acaso. Para naturezas eminentemente valorosas, o mais terrível perigo é a incerteza e o desconhecido; para homens ativos, que também o eram, é a inação o mais pesado fardo.

Malvino e Valente viam que nada podiam nessa luta em que mais eram precisas a astúcia e a paciência do que a força e o valor.

Rodolfo, este sim, estava no seu elemento. A despeito da idade avançada — tinha mais de 70 anos —, era homem de lutas; era também homem de fé inabalável. Nunca tivera tantos desejos de triunfar; nunca a inteligência se lhe apresentara tão clara. Sentia-se possuído de atividade febril. Não desesperava; pôde até transmitir a Malvino e a Valente um pouco de suas forças e muito de sua esperança no êxito da causa em que estavam empenhados. Rodolfo, a exemplo de seus protegidos, não se deixara estigmatizar com a marca da Besta; não lhes faltava, porém, o alimento, que era obtido por meio de escambo no mercado negro, para onde Rodolfo levava seus artigos religiosos como moeda de troca. À vista da precariedade da situação em que se achavam, Malvino e Valente faziam como os náufragos, que se lançam sobre um graveto que boia convencidos de que é uma tábua de salvação.

— Para que serve desesperar? — disse Rodolfo. — Chegamos à ocasião de lutar, e é justamente agora que havemos de depor as armas? Coragem! Até aqui combatemos sem sabermos de onde vinham os golpes que nos feriam... Hoje, se dissiparam as nuvens, já podemos ver os inimigos. E em breve saberemos onde está o seu ponto fraco.

— Se não podemos sequer comprar alimentos — redarguiu Valente —, como podemos enfrentar um inimigo que tem o poder de nos sitiar e de fazer-nos morrer à mingua?

— Não duvidem! — tornou Rodolfo. — A falta de convicção e de confiança é que frustra, muitas vezes, os melhores projetos. Reunamos as nossas forças, em vez de as dissiparmos com o desânimo, e definamos a situação antes que as circunstâncias se agravem. Acometeu-nos nova fatalidade, mas avançamos muito no caminho da verdade e do sinal dos tempos.

— Como? — disseram, há um tempo, Malvino e Valente.

— Vejam! As calamidades que assolam o país não são o resultado fortuito de circunstâncias imprevisíveis. Algumas correspondem a profecias milenares que têm por fim prevenir-nos para a ocasião de seu cumprimento. Outras são previsões mais recentes, como a de Pesqueira, em Pernambuco, em 1936, quando a Virgem alertou o povo acerca de uma futura e sangrenta sublevação comunista para os nossos dias.

Malvino e Valente estremeceram.

— Pois, realmente supões... — exclamou o primeiro.

— A verdade. — Interrompeu Rodolfo. — Estudei as Escrituras, e estou convencido de que tudo está previsto ali; desde a encarnação do Messias até a eliminação do Anticristo. É uma questão de tempo, portanto, o triunfo do primeiro e a destruição do segundo. Jogamos uma partida cuja vitória nos está de antemão assegurada, desde que enfrentemos o adversário com cautela, mas sem medo. O medo, que desproporciona os objetos, tira-lhes a dimensão real, deixando-lhes um contorno horrendo. Com isso, não estou dizendo que nada há para temer, se, por temor, queremos significar respeito pelo grande poder do inimigo.

— Conta-nos o que sabes das profecias relativas a estes tempos, — disse Malvino — para que elas nos tirem das dificuldades que um temor excessivo nos impõe. Afinal, capitular pertence ao poltrão; ao bravo pertence resistir.

— A insurreição comunista, profetizada em 1936, cumpriu-se há pouco nos seus mínimos detalhes. Tentar descrever o que se passou nesse momento de nossa história seria coisa humanamente impossível, tanto era diabólica. Quem quer que tenha assistido às grandes comoções populares, comoções em que a multidão insensata, embriagada de gritos e de furor se agita, esbraveja e se precipita qual tormenta incontrolável para um ponto indeterminado, só este pode entender e criar na imaginação um esboço aproximado do quadro que eu me recuso a pintar.

Na manhã daquele dia, o vulcão que, durante horas, secretamente bramia nas entranhas de Brasília, próximo estava da sua erupção, e a lava incandescente da revolta já se espalhava em ondas ardentes pela periferia da capital. Se a multidão era descontrolada e furiosa em si mesma, a força e o dinheiro dos agentes da Nova Ordem Mundial tinham-na à sua discrição. Estava entregue à incerteza do ignorado. Estava indefesa contra o poder inelutável das sombras, que dela fazia o que queria. Desencadeavam-se sobre ela os furacões do ódio e do ressentimento, habilmente provocados e impelidos contra um governo democrático e legítimo, tal era o objetivo da elite socialista mundial.

— Sabes se o presidente está agora em lugar seguro? — perguntou Valente.

— Um governante deposto não está seguro em parte alguma. O ódio de seus perseguidores não dorme nem descansa até consumar a sua perda. Contudo posso garantir que dentre os mais furtivos, consta certamente o local onde ele se refugia.

— E o que as profecias nos dizem para amanhã, sob esse governo despótico do Filho da Perdição? — perguntou Malvino.

Rodolfo olhou para o alto, ergueu os braços, pediu a Deus luz para ser claro, e começou a falar:

— Antes de começar a falar sobre as profecias bíblicas, convém dizer algumas palavras acerca de um fato extraordinário ocorrido nesta cidade, no ano de 1985. Na primeira metade desse ano, um homem andava pelos vários bairros da cidade, profetizando.

Começarei por assentar um fato — continuou Rodolfo — que atesta a pouca sensibilidade do nosso povo, e a indiferença profunda com que o vulgo profano trata o sofrimento e o coração despedaçado de um enviado do céu.

Os tolos do lugar, pelo qual passava o profeta, aferrados à onomatopeia como todos os tolos de todas as épocas, tinham-lhe posto o apelido de *Trovoada*, em razão da estridência de sua voz. "Lá vem o Trovoada", vozeava a turba ignara apenas o avistava. E logo atrás se formava um bloco de desocupados, remedando os gestos e atrapalhando os passos do santo homem. O profeta, porém, seguia seu caminho com a majestade dos graves infortúnios, e só respondia com o silêncio da superioridade, tal era o modo imperturbável com que enfrentava a algazarra à sua volta.

Malvino e Valente mal piscavam os olhos; mantinham-se atentos a cada palavra, a cada gesto de Rodolfo, que respirou fundo, bebeu um pouco de água e prosseguiu.

— Viçava no profeta a flor dos anos. A barba rala assomava apenas. A boca, larga e rasgada, exprimia, na rigidez das linhas, a força de vontade. Desciam-lhe aos ombros os longos cabelos castanhos, levemente anelados. Era alto e seco, mas de uma harmonia de proporções que indicava extremo vigor. Nos olhos escuros, penetrantes e vivos, brilhavam os clarões de uma enérgica inteligência. Havia nele o comedimento do ancião, o instinto da superioridade e uma resolução maior que os obstáculos. Era intrépido sem ser temerário, na agudeza pressagiava o gênio, no juízo e conselho envergonhava os mais velhos. A natureza havia-o feito para ser triste e melancólico; jamais sorria, faltava-lhe o frescor da existência, a experiência da sensualidade inocente, que consola e ressarce a criatura humana das penas que a vida acarreta. Um profeta é uma ferida pensante; esse jovem era essa ferida.

Assim que chegava à praça mais próxima, o nosso profeta se detinha, cercado de uma pequena multidão, que — coisa maravilhosa — silenciava imediatamente. Lembro-me ainda da última vez que o vi. Parecia macerado por jejuns e penitências; vestia um blusão de tecido grosso, semelhante ao linho, que ia até os joelhos. Nesse dia, seus olhos faiscavam. Eram em tudo semelhantes a um vulcão que despede as suas últimas lavas, incomparavelmente as mais candentes e destrutoras. Principiou a falar com tal veemência, que me pus a ouvi-lo não sem render-me à força magnética que se desprendia de suas palavras e alojava-se-me, a um só tempo, na mente e no coração, tanto era a sua eloquência. Disse ele, em 1985:

> Alerto-vos para as consequências de um grande erro que ireis cometer. Abris voluntariamente as portas do país para criaturas nefastas ao interesse nacional e à glória de Deus. Como será este um erro inescusável, recairá sobre vós calamidades e desastres desconhecidos até então dos vossos antepassados, e de loucos joviais que são agora, os brasileiros torna-se-ão em graves, depois em furiosos, pelo tempo adiante em tristes, e finalmente em desalentados, que da vida não verão senão os reveses.

> Houve um tempo, e dele ainda se lembram muitos dos nossos contemporâneos, em que o nosso bom e rico Brasil, fecundado por uma arte original, pelo talento e pelo gênio, passava então por uma terra amada do céu; tempo em que seus habitantes, espirituosos por privilégio, industriosos por instinto, fáceis por natureza, tinham a reputação de ser o povo mais amável e o mais feliz da Terra; tempo finalmente em que, satisfeitos dos seus governantes, das suas instituições, de si próprios, podiam os brasileiros, respirando nobre orgulho, julgar-se na posse da paz, da verdade, de todas as luzes disseminadas pelo cristianismo, de modo que, altivos por se acharem na vanguarda da civilização cristã, não invejavam a nação alguma as características que lhe eram naturais.

Levianamente, vós haveis de vos entregar de braços abertos ao socialismo; aos socialistas confiareis vosso destino durante trinta tempos, a contar da carta socialista que vos regerá. Sereis governados, alternadamente, por corruptos e analfabetos e vossas causas serão dirimidas por juízes parciais; um tribunal haverá que vos oprimirá com mão de ferro, sem que possais defender-vos de seu poder e de seu arbítrio; com tributos opressivos, vossos representantes manterão seus nababescos privilégios, a custa de vossa crescente pauperização. Em suma, vós sereis a tal ponto obrigados a servir, que o amor à liberdade vos parecerá coisa pouco natural.

Se Deus não se apiedar de vós, e não abreviar esse período, o Brasil mergulhará no totalitarismo.

Foi tanto o ardor empregado na elocução da profecia que Rodolfo deixou transparecer um certo cansaço. Recompôs-se, e a seus atônitos consortes murmurou com voz embargada:

— Essa foi a última vez que o vi. Pelo que eu sei e pude apurar, ninguém mais o viu desde então.

— Suas previsões foram confirmadas. — disse Malvino — Ao longo desse período de nossa história, só trabalhamos para pagar tributos e enriquecer a classe política.

— Exatamente! Os socialistas têm uma notável capacidade de redistribuir a renda, de modo que ela roda, roda, e vem parar nos seus próprios bolsos. — Observou Rodolfo.

Nesse momento, ouviram-se passos na loja. Alguém bateu à porta do quarto onde estavam os três homens; Valente foi abri-la; entrou um homem jovem, carregado de sacolas de compras, todas recheadas de mantimentos.

— Bom dia! — disse ele — Onde está o meu pai?

— Estou aqui — respondeu Rodolfo, levantando-se da cadeira.

— Só tu me fazes sair da empresa, com tanto que lá há para fazer. Trouxe mantimentos para um mês, e remédios para o mesmo período.

E o rapaz colocou sobre uma banca a enorme quantidade de sacolas e bolsas que trazia consigo. Voltando-se depois para Valente, disse:

— Meu pai não dá a mínima importância ao que digo. Já lhe disse para retirar todas as mercadorias da vitrina. A posse, a venda e o uso de artigos religiosos estão definitivamente proibidos pelo nosso Líder Supremo. Qualquer um dia, a polícia virá aqui e levará tudo.

— Não te preocupes, — redarguiu o pai — ainda hoje, vou retirá-los das prateleiras e da vitrina.

Rodolfo amava profundamente seu filho Alonso. Pedira incessantemente a Deus por sua conversão e salvação, favores que Deus dá a quem ele quer e os merece, e no caso de seu filho, apesar das súplicas paternas, foram-lhe negados, porque Alonso recebera a marca da Besta em sua mão direita.

— Meu filho é um cético. — disse Rodolfo — Juntamente com o leite materno nutriu-se ele com as verdades do Evangelho, desde a mais tenra idade. Depois que frequentou o ambiente nefasto da universidade, fez-se ateu, e nenhum respeito tem mais pela cruz e pelo crucificado, a ponto de deixar-se marcar com o estigma da Besta, e insistir para que eu faça outro tanto.

— Pai, tu te desonras vivendo assim na clandestinidade; nada podes comprar nem vender; abriste mão de antigas amizades; fechaste as portas de teu negócio, tudo isso em troca de promessas vãs que te acenam com uma outra vida tão utópica quanto fantasiosa. Não se trata dos meus sentimentos, é só da tua honra! Para salvá-la, estou disposto a tudo fazer para te ajudar.

— Dispenso a tua ajuda, que só me levaria à morte eterna. Assim como tua mãe descansou no Senhor, comigo não há de ser diferente. Graças aos mantimentos que me trazes periodicamente, vivo tranquilo, afastado do mundo, mas acompanhado desses dois grandes amigos. Isso me basta.

— Ó meu pai, ainda tens tempo, salva-te, salva a tua honra, e a minha!

— Considerações superiores me impedem agora de juntar-me a ti. — Tornou Rodolfo pondo a cabeça entre as mãos.

— E que considerações podem entrar em disputa com a honra? — indagou Alonso.

— Meu filho, já é demasiado tarde para mudar as minhas convicções.

— Porventura é nunca demasiado tarde para cumprir um dever?

— Não... mas há momentos em que, fiados num suposto dever de salvar a vida do abismo, corremos a precipitar-nos nele! Em nome do que ainda há de bom no teu coração, não permaneças nesse estado de negação sistemática a respeito de uma crença que Newton, Descartes, Bacon e Pascal não acharam inferior às grandes construções da razão. Tu lês com afinco os escritos dos detratores do cristianismo, não concederás a mesma atenção às obras que os refutam? Chamas a isto de livre exame?

— De que me serviriam — respondeu Alonso — novas explorações, que nada mais fariam do que conduzir-me, por um novo caminho, à certeza do nada, que é o fim inexorável de toda criatura. Procurando em outro tempo a verdade com todo ardor de que era capaz, não interroguei eu porventura todos os sistemas, todas as teorias, muitas crenças antigas e modernas? Acaso não sei que, desde a criação do mundo, querendo os povos escapar à perda de suas esperanças, têm posto a felicidade para além da morte? Posso eu ignorar que o cristianismo, fecundado por algum gênio, é mais rico, mais que nenhuma outra religião, dessas promessas de além--túmulo, e que, satisfazendo as necessidades morais de certas almas, é o refúgio daquelas que não têm bastante força para encarar sem horror a ideia da própria destruição?

— Nós estamos aqui, padecendo as inclemências da clandestinidade, não por temor à nossa destruição, mas antes, se for preciso, para enfrentá-la, de cabeça erguida, em vista de nossa redenção — observou Valente.

— Na verdade — retrucou Alonso —, quanto não desejaria que me fosse possível acreditar com os cristãos que a morte é um mentira, e que terei de achar no outro mundo a justiça e a razão de que este carece. Mas, meus amigos, acaso nos dão direitos os nossos sonhos; são porventura promessas os nossos desejos? Não! Os deuses antigos já vão longe, o Elísio dos gregos está deserto, e todavia esses deuses e esse Elísio tiveram os seus crentes.

— Semelhantes à sombra, que não deixa o lado do corpo, provam as falsas religiões que existe uma religião verdadeira. Para te convenceres da sua existência — disse Malvino —, olha em volta de ti: em vão as artes e a poesia procuram suas inspirações em outra parte. Privado de seu espírito, tudo definha, esvaece e morre; deixa-se ver, tudo se reanima e fecunda. Viva na fachada e no altar das catedrais, vive a nossa religião, tanto nas crenças, nos costumes e nas ideias de dois terços de nosso país como no coração dos escolhidos que receberam o dom de comunicar aos outros a fé, a esperança e o amor.

Viver na dúvida — prosseguiu Malvino — é não se firmar em nada... Acaso poderá um estado semelhante satisfazer a todas as exigências da tua alma?

— Não nego a minha miséria — disse Alonso —, mas sim que me seja possível curar-me dela. Por essa razão, também não sou exigente. Basta-me crer que nosso Líder Supremo, seja ele Deus ou não, dará soluções a todos os problemas que afligem o rebanho humano. Se ele vai consegui-lo cabalmente é outra história. Até aqui, ao menos, ele tem operado prodígios, realizado maravilhas e feito inúmeros milagres. Que estadista, na história humana, fez coisa semelhante?

— Falas com eufemismos! — retrucou Rodolfo — Por que não dás às coisas os nomes que lhes convêm? Tu sabes que esse Líder Mundial é o Anticristo!

— Seja! Para mim esse epíteto não significa muita coisa. Agora tenho que ir. O dever me chama!

— Como? Pois conheces a tua miséria, mas não queres curar-te dela?... Meu Deus! Repeles a verdade porque não a vês; isso é privar-te de um guia por seres cego!

— Meu pai, a hora avança e preciso partir. Não esqueças de esvaziar a vitrina. Volto em breve, ok? Um abraço a todos!

CAPÍTULO 2

MAIS PROFECIAS

Imediatamente após a partida do filho, Rodolfo começou a chorar copiosamente, lamentando a sorte de Alonso na eternidade. Questionava agora, entre soluços amargos, a educação que lhe havia dado, por cujo fracasso assumia a inteira responsabilidade diante de Deus.

Aquela cena comovente produzira extraordinário efeito sobre Malvino e Valente: depois da saída de Alonso, dirigiram-se seus olhares para Rodolfo, que, como se disse, chorava convulsivamente, e dava voltas no quarto com ares de vivamente transtornado. Os dois ficaram calados, respeitando religiosamente a contrição de um homem solitário, a desolação de um pai aflito.

Ultrapassada a fase de superexcitação, durante a qual o autocontrole é inibido pelas forças subterrâneas do inconsciente, Rodolfo reagia positivamente ao abalo emocional que o afligira, e superá-lo foi questão de pouco tempo. Malvino, ciente do momento favorável, sugeriu que os três fossem retirar os artigos religiosos da vitrina. A sugestão foi prontamente acatada e rapidamente concluída, tanta era a urgência que os dois amigos tinham de obter de Rodolfo os mistérios das profecias bíblicas. Retomados os lugares anteriormente ocupados, Malvino e Valente puseram-se a ouvir o que a Palavra de Deus havia reservado para a humanidade dos últimos tempos. Rodolfo principiou a falar.

— As profecias bíblicas, de uns tempos para cá, são muito mais conhecidas e divulgadas do que o foram no passado recente, em razão, sobretudo, do desenvolvimento da tecnologia da comunicação. Baseado nisto, eu indago a extensão do conhecimento que vocês têm sobre elas, e se a fonte desse conhecimento é fidedigna e autorizada.

— Alguma coisa sabemos por vídeos de teólogos e religiosos na internet. — respondeu Malvino — Nada de muito profundo. Sabemos apenas que o Líder Supremo e seu governo tirânico estavam previstos no Livro do Apocalipse, que prevê, também, a duração de quarenta e dois meses de perseguição aos santos de Deus.

— Muito bem! Vamos aprofundar esse conhecimento através da análise de outras revelações bíblicas, notadamente a que, dentre elas, mais clara e circunstanciadamente fala dos últimos tempos. Tomemos inicialmente o que diz Marcos 13, 5-13, relativamente ao "início das dores":

> Jesus começou a dizer-lhes: Tomai cuidado para que ninguém vos induza em erro. Muitos virão assumindo o meu nome; eles dirão: 'sou eu', e induzirão em erro muita gente. Quando ouvirdes falar em guerras e rumores de guerras, não vos alarmeis: é preciso que isso aconteça, mas ainda não será o fim. Com efeito, nação se levantará contra nação e reino contra reino; haverá terremotos em vários lugares e haverá fome; isto será o princípio das dores de parto. Ficai de sobreaviso; vos entregarão aos tribunais e às sinagogas, sereis moídos de pancadas, comparecereis perante governadores e reis por minha causa: nisso eles terão um testemunho. E é preciso que, antes, o Evangelho seja proclamado a todas as nações. Quando vos conduzirem para vos entregar, não vos preocupeis, de antemão, com o que direis; mas o que vos for dado naquela hora, dizei-o; pois não sereis vós que falareis, mas o Espírito Santo. O irmão entregará à morte seu irmão; os filhos se levantarão contra seus pais e os farão condenar à morte. Sereis odiados por todos por causa do meu nome. Mas aquele que perseverar até o fim, este será salvo.

— Essas previsões já se confirmaram. — disse Rodolfo — Elas narram acontecimentos que precederam a *Grande Tribulação*, prevista por Jesus, em Mateus 24, 15-25, que deu início ao governo despótico do Anticristo, ao qual nos submetemos agora.

> Quando, pois, virdes instalado no lugar santo o abominável devastador, de quem falou o profeta Daniel — que o leitor compreenda! —, então, aqueles que estiverem na Judeia fujam para as montanhas; quem estiver no terraço do teto não desça para levar o que tem em casa; quem estiver no campo não volte atrás, a fim de pegar seu manto. Ai das que estiverem grávidas e das que amamentarem naqueles dias! Orai para que não tenhais de fugir no inverno, nem num dia de sábado. De fato, haverá então uma grande aflição, tal como não houve desde o começo do mundo até agora e nunca mais haverá. E se esses dias não fossem abreviados, ninguém teria a vida salva; mas por causa dos eleitos, esses dias serão abreviados. Então, se alguém vos disser: 'O Messias está aqui!' Ou então 'ele está ali!', não deis crédito. De fato, levantar-se-ão falsos messias e falsos profetas e produzirão sinais formidáveis e prodígios, a ponto de induzir em erro, se fosse possível, até os eleitos. Eis que vos preveni!

— Essa profecia relata literalmente a época que estamos atravessando agora. Época de silêncio, perseguições e mortes, na qual se acrisolam os cristãos, sob tortura intensa, para que apostatem e se deixem marcar, e em virtude da qual estamos aqui enfurnados e incomunicáveis para escapar ao furor do Filho da Perdição.

— É lícito supor, então, que Deus quis nos avisar, com bastante antecedência, o que iria acontecer-nos nestes últimos tempos? — perguntou Valente.

— Sim, com certeza! Veja o que diz Amós, 3, 7-8: "Pois o Senhor Deus nada faz sem revelar seu segredo aos seus servos, os profetas. Um leão rugiu, quem não ficaria com medo? O Senhor Deus falou, quem não profetizaria?".

— É absolutamente extraordinário que a realidade destes dias tenha sido profetizada há mais de dois mil anos! — exclamou Malvino.

— Se esses fatos nos enchem de admiração e de espanto, a nós que já testemunhamos a confirmação da profecia, imaginem vocês a perplexidade e o embaraço dos apóstolos quando Jesus lhes revelou os sinais que anunciariam a sua segunda vinda. São os enunciados em Marcos, 13, 28-32, sob o título de "A Lição da Figueira". Ei-los:

> Compreendei esta comparação tomada da figueira: mal os seus ramos ficam tenros e as folhas brotam, reconheceis que o verão está próximo. Da mesma forma, também vós, quando virdes isto acontecer, sabei que o Filho do Homem está próximo, às vossas portas. Em verdade eu vos digo, esta geração não passará sem que tudo isso aconteça. O céu e a terra passarão, mas as minhas palavras não passarão. Mas este dia e esta hora, ninguém os conhece, nem os anjos do céu, nem o Filho, ninguém, senão o Pai.

— Para mim, é um texto belo e enigmático, cujo sentido não alcanço decifrar. — disse Valente.

— O mesmo digo eu — assentiu Malvino. — A decodificação das palavras de Jesus nesta passagem está reservada, creio eu, aos teólogos.

— Tens razão! A interpretação correta da profecia da figueira exige a elucidação de algumas questões prévias, relacionadas ao significado de quatro termos: o que é a figueira para as Escrituras? O que significam os ramos ficarem tenros? Qual o significado das folhas que brotam? E o que quer dizer esta geração? Se dermos respostas exatas a estas questões prévias, o significado da profecia surgirá imediatamente com uma lógica irresistível. Algum desses termos diz alguma coisa para vocês?

— Acho que a figueira significa o povo de Israel, no Antigo Testamento. — respondeu Malvino.

— No Novo Testamento também. Basta ver como Jesus anatematizou a figueira estéril para se convencer de que suas palavras se dirigiram à dura cerviz do povo judeu, antes que a um inocente arbusto. O que significa que seus ramos fiquem tenros? Para que haja o brotamento de folhas e frutos é necessário que, previamente, os ramos fiquem tenros. Consoante à parábola da figueira, seus ramos ficaram tenros por ocasião da Primeira Guerra Mundial, com a derrota do Império otomano, que dominava todo o território palestino. Libertada a Palestina, o governo inglês emitiu a Declaração de *Balfour*, oportunizando ao povo judeu a criação do Estado de Israel na região, em 1948.

— É extraordinária e maravilhosa a forma como Deus domina a história, e se vale, muitas vezes, do governo dos homens para realizar os próprios planos — afirmou Valente.

— Podes crer, Valente! Se os otomanos não tivessem sido expulsos da Palestina; se o governo inglês não tivesse emitido a Declaração de *Balfour*, talvez o Estado israelita não existisse hoje. O mais surpreendente e prodigioso, porém, é o que vai ser contado agora. Qual o significado das folhas e frutos que brotam? O primeiro broto ocorreu em 14 de maio de 1948, com a criação do Estado de Israel; o segundo, com a conquista de Jerusalém, em 10 de junho de 1967, em decorrência da Guerra dos Seis Dias. Esses dois acontecimentos confirmam previsões feitas há quase três mil anos. Antes de examiná-las, convém registrar, a título de introdução, que Deus, na sua insondável sabedoria, decretou a dispersão dos judeus por toda a Terra (Deut 28,64; Jer 25,34); mas prometeu reuni-los (Jer 24,6), de modo que a parábola da figueira (Mc 13) prediz a reunião dos judeus no final dos tempos e confirma as profecias do Antigo Testamento, quanto ao seu retorno à Terra Prometida.

— É como se o destino dos judeus, com todas as suas vicissitudes, determinasse o curso da história em direção ao fim que Deus planejou para a humanidade! — exclamou Malvino.

— Por certo, Deus governa a história, a exemplo dos tipos e figuras descritos nas Escrituras Sagradas, de tal modo que conhecidos os significados destes, podemos antever os sucessos históricos e agir em consonância com as máximas que eles ditaram.

Vejamos agora o que vem a ser uma geração, segundo as Escrituras. Diz o Salmo 90 que "nossos anos duram quanto dura um suspiro; setenta anos é, às vezes, a duração da nossa vida, oitenta, se ela for vigorosa". Com base nesses esclarecimentos prévios, podemos enfrentar agora a análise do mérito da profecia, bem como da sua concordância com um determinado acontecimento futuro e desconhecido.

Jesus afirma que "esta geração", ou seja, a geração que tem início na data do brotamento da figueira (14.05.1948), não passará antes que ocorram todas as calamidades previstas no Livro do Apocalipse e em Mateus, 24, 15-25, e em Marcos, 13, 14-25. Outra conclusão que podemos tirar da parábola da figueira, sendo certo que uma geração dura de setenta a oitenta anos, é a de que o ano limite para a segunda vinda de Jesus é 2028.

— Sendo assim é forçoso concluir que o Líder Supremo governará com mão de ferro até 2028, ou me equivoco? — indagou Valente.

— Exatamente isso. Vou me socorrer em outra profecia, muito citada, para esclarecer este ponto. Trata-se das setenta semanas de Daniel. O profeta fala sobre a visão que teve de Gabriel, na qual o arcanjo lhe disse:

> Foram estabelecidos setenta setenários sobre teu povo e sobre tua cidade santa, para fazer cessar a perversidade e pôr termo ao pecado, para absolver da falta e trazer a justiça eterna, para selar visão e profeta e para ungir um Santo dos Santos. Sabe, pois, e mostra-te perspicaz: desde o surgimento de uma palavra em vista da reconstrução de Jerusalém, até um messias-chefe, haverá sete setenários. Durante sessenta e dois setenários, praças e fossos serão reconstruídos. E após sessenta e dois setenários, um ungido será eliminado, mas não haverá para ele. Quanto à cidade e ao santuário, o povo de um chefe futuro os destruirá; mas seu fim virá numa tribulação, e até o fim da guerra serão decretadas devastações. Ele imporá aliança a uma multidão durante um setenário, e durante a metade do setenário, fará cessar sacrifício e oblação; na ala das abominações, haverá um devastador, e isto até que o aniquilamento decretado caia sobre o devastador. (Dn 9, 24-27).

— Parece-me que somente alguns poucos eleitos estão habilitados a compreender o linguajar complexo dessa profecia. — disse Valente.

— Não é bem assim. O que acontece é que, a despeito de ser muito citada, essa profecia é pouco estudada e mal compreendida. Vejam que os próprios judeus estão proibidos, sob pena de excomunhão, de efetuar os cálculos ali contidos, relativos ao surgimento e à eliminação do Messias. De qualquer modo, podemos afirmar que a obra messiânica devia ser cumprida em setenta semanas de anos, ou seja, quatrocentos e noventa anos. Esse período tem início com a ordem para reconstruir Jerusalém, da lavra de Artaxerxes, em 457 a.C., e permitiu aos judeus o retorno à Cidade Santa. As setenta semanas estão divididas em três períodos: sete semanas, que se destinam à reconstrução de Jerusalém; sessenta e duas semanas até o surgimento e a eliminação do Ungido, Santo dos Santos. Na septuagésima semana, diferida para o final dos tempos, surgirá o Anticristo, o Líder Supremo, que fará uma aliança com muitos e na metade do setenário a romperá, fazendo cessar sacrifício e oblação.

— É surpreendente! — exclamou Malvino — Isso tudo acaba de se realizar sob os nossos olhos. Se o resto da profecia se confirmar, o que me parece bem plausível, até 2028 dar-se-á a destruição do Anticristo e a Parusia do Senhor.

— Garantida que está a vitória do Senhor — indagou Valente —, que papel corresponde aos cristãos desempenhar para participar de seu triunfo e de sua glória?

— Excelente pergunta! — exclamou Rodolfo — Cumpre agora acossar o inimigo, através das armas que os cristãos sempre souberam empunhar. Orações, jejuns, penitência e sobretudo um decidido proselitismo para arrancar os tíbios do abatimento e os frouxos da molície, em ordem a atraí-los para a batalha final, quando nem a morte poderá arrebatar-nos o galardão dos justos do Senhor. Eis a nossa missão; eis a tarefa que temos de enfrentar a partir de agora.

CAPÍTULO 3

—

A BRIGA NA CATEDRAL

—

Após a conversa do dia anterior, quando Rodolfo os moveu ao combate, augurando-lhes a vitória, Malvino e Valente viram a profundeza do abismo que ameaçava tragá-los, caso permanecessem segregados, e deliberaram assumir uma conduta ativa diante das circunstâncias. Animando-se um ao outro, os dois amigos deixaram o refúgio que os ocultava há meses, e puseram-se a caminhar pelas ruas e vielas da zona norte da cidade, para sentir os novos costumes e interpretá-los segundo as suas convicções.

Depararam-se com o que pareceu ser um dia uma igreja católica. Um homem empreendedor a transformara numa grande cervejaria, onde uma imaginação criativa só colocara mesas e cadeiras, deixando intactos naves, vitrais, coro e altar, a título de exótica decoração. A antiga sacristia servia agora de espaçosa cozinha, em frente da qual situava-se uma máquina registradora que recebia os pagamentos mediante a defrontação do visor da máquina com a marca oficial impressa na mão direita do cliente.

Eram por volta das seis da tarde. Malvino e Valente entraram na cervejaria e sentaram-se numa mesa contígua à porta e passaram a observar o movimento que apenas começava a se intensificar. Viram que todos bebiam animadamente, salvo um homem ao lado que não consumia e sentara-se perto da porta, talvez para garantir, como eles, uma pronta retirada em caso de necessidade. Era um homem acabrunhado, que parecia ter vivido muito, quiçá mais do que queria, cujos modos revelavam um certo ar de fidalguia. Valente observou que o garçom, por mais de uma vez e inutilmente, ofereceu-lhe cerveja.

— Acho que ele não tem a marca — murmurou. — Por três vezes recusou a cerveja.

Começaram a olhar-se, e cada parte entressentiu a intenção da outra.

— Tu não bebes? — perguntou Valente.

— Eu bebo, mas sem a marca nada posso consumir. — respondeu o estranho com desassombro, talvez porque tivesse percebido que os dois amigos também não bebiam.

— É o nosso caso. Meu nome é Valente. Este é meu amigo Malvino.

Reuniram as mesas e puseram-se a conversar. O estranho disse chamar-se Fabrício. Ele era advogado, mas estava privado de sua ocupação profissional porque negara-se a receber a marca da Besta. Sua família havia-o repudiado pelo mesmo motivo. Malvino e Valente jamais o viram antes. Contudo, aquele homem já lhes parecia familiar. Fabrício não exibia na mão a marca infernal, nem eles tampouco, e esta circunstância fortuita equivalia, para uns e outro, a algo assim como o penhor de uma amizade eterna e inquebrantável.

— Como tens vivido sem a marca? Estás refugiado em algum lugar? — indagou Malvino.

— Tenho perambulado pelas ruas. No momento, assistem-me alguns poucos amigos que respeitam a minha crença e toleram a minha pobreza. Fui um homem abonado e chefe de uma família influente; tinha um bom emprego e ótimos relacionamentos; minha casa era ampla, e minha mesa farta, por isso que jamais neguei a um infeliz um pedaço do meu pão nem a sombra do meu teto. Tudo isso mudou e tudo perdi a partir do dia em que o Tribunal Soberano decretou a minha morte civil e desde então a única razão que me move à existência são as tardes que passo aqui neste lugar, chamado um dia Igreja do Preciosíssimo Sangue de Jesus, que é e continuará sendo para mim um lugar sagrado, apesar das profanações e sacrilégios que se verificam aqui todos os dias.

— São muitas as pessoas que se deixaram marcar até o momento? — perguntou Valente.

— Segundo dados oficiais, o número dos marcados chega a incríveis oitenta por cento da população. — respondeu Fabrício.

— Sofre alguma alteração a conduta dessa gente marcada com o estigma da Besta? — continuou Valente.

— Sofre uma alteração acentuadamente emocional e espiritual, conquanto mudanças físicas também possam ocorrer. Tornam-se pessoas soturnas, macabras ou maníacas, agitadas, mas, em qualquer caso, desprovidas de emoções, sentimentos, sem um mínimo sequer de espiritualidade. Numa palavra, estão realmente mortas. Vivemos em um país onde os mortos são infinitamente mais numerosos que os vivos e, de resto como em todas as guerras, a superioridade numérica acaba sempre por triunfar. Rigorosamente falando, aqui há dois partidos: o dos vivos, e o dos mortos. O primeiro defende o livre arbítrio e luta pela liberdade; o último se limita a servir e a obedecer. Seus líderes, defuntos tradicionais da política, sonham com uma sociedade utópica fundada na igualdade e no temor. Eles imaginaram uma forma de regime político na qual a supressão da propriedade privada combinada com o terror pode transformar os caracteres essenciais da natureza humana.

— Pelo visto até aqui, estão obtendo êxito! — exclamou Malvino.

— De fato. — respondeu Fabrício — Os mortos não têm nada a perder e estão convencidos da sua impunidade. Eles são prepotentes, maliciosos, malignos e cruéis. E ai de quem não saiba defender-se deles! Nós levamos sempre a pior...

Nesse momento, teve início um episódio turbulento. A cervejaria estava entulhada de arruaceiros, que cantavam, comiam e bebiam com barulho atroador. Um grandalhão berrava: "Eu pago uma rodada de cerveja para quem me enfrentar e se manter em pé!" Novos alaridos, palavrões e gargalhadas ecoaram pela sala. Nessa altura dos acontecimentos, cerca de vinte homens esfarrapados, de ferozes fisionomias, de mãos calosas e disformes, com aspecto de celerados, e com todos os indícios de criminosos, formaram uma espécie de semicírculo no centro da cervejaria. A brincadeira proposta pelo fanfarrão era do agrado dos demais. Primeiro, porque ia haver luta, o que lisonjeava os instintos brutais desses elementos escolhidos dentre a escória da sociedade. Depois, era negócio em que se podiam ganhar alguns créditos, engodo bastante para seduzir semelhante populacho.

Os homens olharam uns para os outros. Por fim, decidiu-se um deles. Era uma verdadeira jamanta, um desses indivíduos cujo aspecto inspira repugnância e susto. Trazia os braços nus; e a roupa esfarrapada, deixava-lhe a descoberto os ombros largos e musculosos. Seu adversário, o desafiador, nada lhe ficava a dever em estatura e massa muscular. Aquele avançou pausadamente, com o corpo volumoso bem firmado nas pernas, braços estendidos e levantados; e pôs-se a andar em torno do desafiador como o tigre em volta da presa. Este se limitava a observar os movimentos do adversário com a vista, conservando-se em guarda. Assim se passaram alguns segundos. De repente, a jamanta deu um salto e atirou-se sobre o oponente. Ninguém poderia dizer o que então se passou, porque ninguém teve tempo para ver. O homem foi levantado ao ar, balançado e arremessado para a frente, como a flecha impelida pelo arco. Imediatamente à queda seguiu-se um gemido prolongado e imenso tilintar de garrafas quebradas. O vencedor ergueu os braços e agradeceu os aplausos.

— É assim a brincadeira. — disse ele — Venha outro!

Saiu um do grupo que circundava os lutadores. A queda do primeiro fornecera matéria para reflexões aos restantes, de forma que o segundo tinha tomado todas as precauções para não sofrer igual derrota. Recusou atacar, pôs-se em guarda, reservando, para quando fosse atacado, todos os meios de defesa.

Os dois homens estiveram se estudando um em frente do outro, durante alguns instantes. Porém aquele estado de hesitação não se compadecia com a natureza ardente do desafiador.

— Ah! Queres me enrolar! — disse ele — Eis o que eu tenho guardado para ti!

Um pontapé no tornozelo do pé direito, seguido de um murro na face esquerda, aplicados quase que instantaneamente e com maravilhosa presteza, produziram imediato resultado. O adversário do desafiador não pôde despedir mais que um soco, que se perdeu no ar; desequilibrou-se e foi de cabeça para baixo fazer companhia ao primeiro.

Animado com a vitória e embriagado pela aclamação geral, o desafiador a tudo se atrevia e a todos insultava, mormente agora quando ninguém mais se dispunha a enfrentá-lo. A bravata maior, porém, ainda estava por vir. No fundo da cervejaria, sob densa penumbra, um berro estridente se fez ouvir:

— Há aqui um panaca cristão que não tem a marca!

De repente, fez-se um círculo em volta do apavorado rapaz. Este, escorregando como uma enguia por entre as mãos que o apertavam, logrou escapar do grupo que o delatou, mas caiu nas garras do desafiador.

Era um barulho infernal; só pode fazer ideia quem tenha entrado já nas biroscas do cais do porto, em noite de desembarque.

— Eh! Cristão imundo, crês que o teu Deus vem te salvar! — falou o desafiador.

Às palavras "cristão imundo", Malvino fez-se vermelho como o camarão, e esteve a ponto de levantar-se. Conteve-se, porém, a instância de Valente.

— Garçom! — gritou o opressor do desventurado rapaz — traz cerveja, muita cerveja. É este cão cristão quem paga.

— Senhor, eu não tenho crédito. — respondeu timidamente o rapaz.

— Mas tem um belo relógio — retorquiu o desafiador, dando-lhe um tal empurrão, que o pobre rapaz foi cair sobre a mesa dos beberrões, que lhe deram outro ainda mais violento.

Malvino compreendia a situação. Entretanto respondia ao olhar insolente do desafiador com um sorriso escarnecedor, acompanhado desses movimentos dos ombros que são, muitas vezes, para quem os entende, insulto mais grave que muitas palavras ofensivas. O *youtuber*, obedecendo a tática de um plano calculado, ou cedendo talvez às circunstâncias, sem se tornar provocador direto, procurava, contudo, ocasião de atrair a atenção do insolente inimigo dos cristãos. Este, sem dar a menor importância ao gesto de Malvino, virou a cabeça e disse de novo:

— Cadê a cerveja? Movam-se.

E, batendo no ombro do rapaz, que sacudiu como se sacode uma árvore para lhe caírem os frutos, acrescentou:

— Vamos logo, patife! Manda pra cá o relógio.

— Isso não é necessário. — disse Malvino, que quis ser ouvido por todos.

O desafiador voltou-se e deu de cara com Malvino. Os demais, pasmados com a atitude deste, encaravam admirados o singular personagem. O rapaz, por sua vez, quis dar as costas ao seu algoz para se aproximar do *youtuber*, mas não pôde. Agarraram-no com mãos de ferro.

— Por que fazes mal a esse homem? — perguntou Malvino, de maneira ameaçadora.

— Porque eu quero.

— Agora já chega!

E o desafiador quis levar o pobre rapaz para a mesa onde estavam os outros arruaceiros, porém Malvino deitou a mão no seu braço e puxou o infeliz para si com tal força que o brutamontes teve de largar a presa. Este soltou um rugido de raiva, e quis tornar a agarrar a vítima, porém Malvino expeditamente pôs-se entre os dois.

— Escuta, — disse o *youtuber* com a maior tranquilidade — tenho aqui uma proposta para te fazer. Estou disposto a te pagar quantas cervejas quiseres, se conseguires sobreviver a isto...

E Malvino mostrou ao oponente o punho fechado.

— Hein?!... — disse o desafiador.

— É o que viste e ouviste. Se tu venceres, eu te pago quantas cervejas quiseres; mas se eu vencer, pagarás as cervejas que aquela mesa consumir — e apontou na direção de Valente e Fabrício. — É claro que, sendo eu o vencedor, deixarás em paz o cristão. Fechado?

— Fechado! Só mais uma coisa: eu não trituro nem mato desconhecidos. Pode me chamar de Bóris Malvado.

— Malvino! — respondeu o *youtuber*.

Os lutadores estavam um defronte do outro. Bóris Malvado tomou posição.

CAPÍTULO 4

—

BELARMINO FALA DOS MINISTROS

—

Os dois lutadores puseram-se em guarda. A turba estremeceu. Bóris, com a cabeça inclinada, o corpo bem firmado nas pernas, descansando na perna direita, com os punhos à altura do peito e o olhar fixo, denunciava sua experiência no box. Malvino, firme como um rochedo, com os braços juntos ao corpo, os punhos cerrados e a cabeça um pouco pendida para a frente, tomara posição, alheio a todas as regras. Sua atitude era tão enérgica, porém, que o adversário logo se deu conta de que tinha pela frente um competidor à altura de suas façanhas.

Bóris rodeava o *youtuber* como um felino à espreita da presa; Malvino, todavia, ficava sempre à sua frente, de modo a não ser surpreendido com um cruzado. Os dois homens, respirando fortemente, com os pulsos erguidos a igual altura, com os olhos nos olhos, estiveram talvez dois minutos sem fazer o menor movimento ofensivo. Os espectadores nem respiravam.

De repente, o colosso de músculos fez um ataque falso com a mão esquerda e descarregou a direita, que foi cair sobre o peito de Malvino, como uma pedra lançada de uma catapulta. Este aparou o murro com o antebraço. Depois, respondendo ao desafiador com maravilhosa rapidez, Malvino acertou o queixo do adversário. Bóris caiu... Ergueu-se em seguida com um dente a menos.

— Ah, miserável! — disse ele, pondo-se em guarda.

Recomeçou a luta. Bóris multiplicava os ataques falsos, procurando apanhar o oponente desprevenido; mas o *youtuber*, como ex-militante comunista que era, conhecia todas as argúcias dos confrontos de rua, e nos seus tempos de rapaz ganhara grande fama de nocauteador; queria portanto reviver, aqui e agora, seus tempos de arruaceiro. Os enormes punhos resguardavam-no como se fossem escudos de aço.

Bóris, que até ali ameaçava o estômago de Malvino, mudou repentinamente de tática; atacou-lhe a cabeça. Malvino ergueu o braço esquerdo... Bóris colocou-se rapidamente de lado, e desferiu-lhe um potente soco no peito. O tronco do *youtuber* ressoou como um tambor, mas nem sequer oscilou, manteve-se firme.

Dali a pouco, Bóris tornou a cair de costas, em razão de um cruzado bem encaixado. A raiva principiava a perturbar o colosso, enquanto seu opositor, tranquilo sempre, conservava a vantagem do sangue frio. Bóris, apesar de ter caído duas vezes, estava ainda em estado de continuar a luta. Furioso, abandonando as regras fundamentais do pugilismo, desferia socos a esmo, procurava dar um murro decisivo; um murro que põe muitas vezes um homem fora de combate, que faz, de vez em quando, um cadáver. Foi isso que o perdeu. Após uma sucessão de golpes precisos, Bóris recebeu o soco derradeiro que o suspendeu, e o prostrou desequilibrado. Os pés descreveram uma curva no ar, e o corpo foi cair sobre os seus parceiros, três deles foram arrastados na queda.

Reconhecido como o legítimo vencedor, Malvino apressou-se a reivindicar o prêmio da vitória, que lhe foi tão árduo conquistar. Nesse momento, ouviu-se a sirene da polícia, que o dono do estabelecimento chamara para serenar os ânimos e conduzir os valentões. Um escarcéu de vozes e gritos precedeu a chegada da tropa de choque, o temível órgão repressor do Tribunal Soberano. Cadeiras, garrafas e latas entulhavam o chão, que era disputado por centenas de pés sôfregos por chegar à porta. Quem tinha a desventura de cair, não podia levantar-se, tal era o turbilhão de corpos que se deslocavam por um corredor estreito, que se afunilava e os comprimia à medida que avançavam.

Felizmente, os quatro cristãos, que estavam juntos à porta, conseguiram escapar e pôr-se a salvo da turbulenta retirada da cervejaria e da truculência da tropa policial.

Depois de realizado com tamanha facilidade o acesso à rua, saíram dali gabando-se de um êxito que havia excedido todas as expectativas de Malvino e Valente, pois apenas tinham em mira passar o tempo, e acabaram por conquistar dois aliados, ambos cristãos e desarraigados, como eles, da família e da sociedade.

— Senhores, — disse o rapaz até então desconhecido — sou de parecer que, para coroarmos essa bela façanha, nos dirijamos a um lugar especial onde os cristãos podem comer à vontade, sem a necessidade de exibir a marca.

— Como é isso possível? — perguntou Valente.

— Sabe-se que a Igreja clandestina, para sustentar um contingente enorme de cristãos em todo país, suborna fiscais do Tribunal Soberano e paga empresários para oferecer à cristandade serviços de alimentação e pernoite. Em cada bairro da cidade, há ao menos um conveniado com a Igreja. Tudo é feito com muita discrição e cautela.

— Afinal, não havia outro meio de a Igreja intervir em favor dos fiéis. — retornou Valente.

— Longe de lhe morder o escrúpulo por subornar os fiscais, — completou o moço — a Igreja é consciente de que pratica uma ação meritória aos olhos de Deus.

Dirigiram-se, pois, para uma espécie de cantina situada numa rua movimentada. Já era noite e os quatro não tiveram dificuldade em encontrar uma mesa do agrado de todos. Pediram que lhes trouxessem o prato do dia, e sentaram-se à mesa com tanto apetite quanto júbilo. O rapaz falou então:

— À falta de alguém que o faça por mim, devo apresentar-me, antes que vocês pensem que, por encontrar-me numa cervejaria, eu seja necessariamente um beberrão. Nasci nesta cidade e chamo-me Belarmino. Meu pai, depois de ver-se privado de seu patrimônio, em razão de confisco, foi executado há dois anos por não apostatar para o paganismo. Deixou-nos precária herança, em joias e títulos ao portador, que ainda foi partilhada entre quatro herdeiros. Formei-me em Direito, com o que me coube na partilha de bens, e daí por diante fiz de tudo um pouco: fui engraxate, garçom, cozinheiro e alfaiate. Por um golpe de sorte, um ministro do Tribunal Soberano, velho amigo de meu pai, viu-me na alfaiataria e ofereceu-me o cargo de assessor em seu gabinete, em Brasília. Durante um ano e pouco assessorei o ministro, até que sobreveio o decreto do Líder Supremo, que proibiu aos cristãos a investidura em cargo público, assim como o acesso a função e emprego de qualquer natureza. Eis, em suma, a minha vida recente, expurgada de detalhes lacrimosos.

O jantar foi servido. Surpreendentemente, para Malvino, a curiosidade era maior que a fome. Disse ele, esticando o pescoço para ouvir melhor:

— Tendo trabalhado, digamos, uns dezoito meses no Tribunal Soberano, tu tens certamente alguma coisa a nos dizer sobre os seus membros e sobre a sua rotina, não é mesmo?

— Posso dizer o que sobre ele li, vi e ouvi dizer. Trata-se de um monstro jurídico, preordenado a abraçar com os seus tentáculos toda a vida política econômica e social do país. Foi criado por decreto do Líder Supremo, quem também nomeou cada um dos seus onze integrantes, os quais prestam àquele incondicional obediência. Como é de sua competência originária e exclusiva fazer leis, aplicá-las e administrar a coisa pública, os antigos poderes executivo e legislativo, como tais, foram extintos, e se reduzem hoje a órgãos meramente consultivos da Corte Soberana.

— Infeliz a nação, desolada a terra onde manda um tribunal! Há três espécies de tiranos: uns reinam pela vontade do povo, outros pela força das armas, outros — aqui incluo o Tribunal Soberano — pela inércia do povo, que subjugado secularmente pelo socialismo, entrega-se rendido e prostrado ao jugo de um colegiado instável e vulnerável. O socialismo nos tirou a liberdade, e com a sua perda, perdeu-se imediatamente a valentia, de modo que, além da falta de valor, perdemos a energia para resistir, a força para nos defender, a honra para exigir respeito de quem nos governa. Assistimos, por mais de três décadas e de braços cruzados, sucederem-se governos socialistas que, apesar de algumas diferenças no método de vexar o povo, tinham todos o propósito de pilhar a riqueza nacional, consolidar os respectivos partidos e distribuir benesses para políticos aliados. O que era o Congresso Nacional? Seria, por acaso, a materialização de um poder destinado a identificar e perseguir o bem comum? Nunca o foi. Por trás de discursos inflamados e de uma retórica repetitiva, seus membros tinham em vista sempre aumentar suas próprias regalias, que, somadas, rivalizavam com os subsídios de alguns monarcas europeus. Tudo isso à custa do empobrecimento do povo, que, agora, abatido e consternado, curva docilmente a espinha para o Tribunal Soberano, a quem deve irrestrito respeito e execrável submissão.

Falou assim Malvino, com a inflexão de quem se indigna a ponto de se fatigar. Em seguida, prosseguiu Belarmino.

— Além de oficial de plenário, por ocasião das sessões, eu servia também os gabinetes periodicamente. Três meses em um, três meses em outro. Era minha incumbência arrumar os gabinetes dos ministros, para neles receberem os convidados, dispondo as poltronas para estes, cadeiras para os acompanhantes, e conservando-me na antessala para anunciar e introduzir as visitas que chegavam. No primeiro dia, em cada gabinete, consoante me apresentava ao ministro que chegava, o mordomo do Tribunal, nosso chefe, pintava-me o perfil de todos os magistrados. Chamava-se o mordomo Gonçalo, e posto fosse dado a mexericos, não lhe faltava juízo.

A primeira personagem que chegou foi o Ministro Teobaldo Campainha. Depois que me apresentei e ele entrou, disse-me Gonçalo: "Este ministro é uma das mais insignificantes criaturas a quem já servi. Adula o Líder Supremo e tem algum valimento em sua corte, mas não tanto quanto supõe. Promete servir todos acima dele, mas não agrada ninguém".

Momentos depois recebi o Ministro Felício Catabriga, filho do Sudeste, que o mordomo definiu com estas palavras: "É um ente folclórico, que se pavoneia de ser um sábio. Fala pelos cotovelos durante a sessão, e quando termina dá-se conta de que falou muito e não disse nada, menos ainda sobre o mérito da causa".

Em seguida, vi entrar o ministro Lindoso, sobre o qual o mordomo expendeu as seguintes considerações: "Bem articulado e contido, este ministro presume muito de si; arvora-se em oráculo para o jurisdicionado e exemplo para os seus pares. Não se contenta com imitar as maneiras da nobreza imperial, mas afeta o mesmo glamour cortesão, e tão perfeitamente desempenha o papel, que, à parte um certo ar de nobreza que não tem, em tudo o mais se confunde com um aristocrata. Lindoso é afamado na profissão, devendo a sua reputação à loquacidade especiosa, revestida de ares doutorais e imponentes, e a algumas escaramuças jurídicas que não observaram rigorosamente os Mandamentos. Quando começou a falar, vi confirmada a opinião que dele se formara. Pronunciava graciosamente as sílabas, imprimia em cada frase a modulação que convinha às circunstâncias, mas sempre com delicadeza e aprumo que encantavam a plateia enamorada de seus períodos refinados. Dizia palavras em um tom enfático, gesticulando e fazendo com os olhos movimentos que, segundo supunha, o assunto requeria. Acrescente-se a isso — sempre há um senão — ser demasiado prolixo e algo roufenho, e far-se-á uma ideia aproximada da figura que intentei pintar".

Conheci então o ministro Crispim Roncador. Parecia ser um sessentão. Era um homem de estatura mediana, inchado e nervoso. Além dos olhos pequenos e cintilantes, que pareciam voltear nas órbitas ameaçando todo mundo, tinha uma boca enorme e arqueada, dir-se-ia feita para engolir grandes mamíferos. A voz do maioral era tão áspera e desabrida, que bastava ouvi-lo para se amedrontar. Xingava todo mundo, não respeitava ninguém. Erigira-se em árbitro do Tribunal, resolvendo como tirano todas as questões, jurídicas ou não, ora para beneficiar amigos, ora para perseguir opositores. Aquele que não se conformava com suas decisões tornava-se, *ipso facto*, alvo de sua ira medonha e inextinguível. Tal como o acabo de pintar, esse ministro, cuja ciência não obstava a que se o tomasse por um bárbaro, conseguiu atrair para si a simpatia da mídia e a consideração do Líder Supremo, esse ser pretensioso e alambicado que o indicou para o Tribunal.

— E sobre o ministro Sandoval Borboleta, o que tens a dizer? — indagou Valente.

— Vou dizer-te em duas palavras quem é o moço. Seu padrinho, um homem que ficou rico com a política, fez gestões junto ao Líder Supremo para sua nomeação, e deu tudo ao protegido com que passar alegremente a vida. Sandoval, no fundo, é um pobre diabo, que tem decidida propensão para agradar e de prebenda em prebenda chegou ao Tribunal, onde assume ares de homem de espírito e erudição, apesar de a natureza, que foi com ele pródiga na aparência, ter-lhe dado poucos dotes intelectuais. É um homem do mundo. Apesar de não ser mais jovem, mantém ainda uma frescura juvenil, da qual faz alarde exagerado. Eu mesmo pude constatar que o ministro Sandoval não media esforços para manter-se sarado, comendo bem e bebendo melhor. Mas especialmente o que mais contribuía para lhe manter as boas cores, era, segundo me afirmou Gonçalo, o tino que possuía para se servir do cargo em benefício próprio.

Outro que guardo na memória é o ministro Cipriano Palerma. Ignoro como pôde ter chegado a um posto tão elevado. Certamente não foi pelos conhecimentos jurídicos, mas, talvez, por esse não sei quê de que todos falam e ninguém sabe explicar. Agradam-lhe as lisonjas, e sabe elogiar mais do que ninguém. É inexorável com os deserdados, mas extremamente solícito com os poderosos. Certa vez, visitou o Tribunal um político influente, um desses políticos profissionais, acostumados aos elogios baratos e aos panegíricos fúteis. Tão logo o viu, Cipriano conduziu-o a um lugar de honra, prodigalizando demonstrações de apreço e submissão. De repente, não se sabe como, um pombo entrou no plenário e despejou uma substância pastosa, e pouco agradável ao olfato, sobre a cabeça do figurão.

Logo que se deu conta do que se passava, e viu o lastimoso estado em que se encontrava a ilustre visita, o ministro Palerma prorrompeu nas mais condoídas queixas, como se houvesse ocorrido uma grande tragédia; depois, dirigindo-se ao autor do tão grave atentado contra o asseio do político, mimoseou o pombo com mil invectivas e maldições para enfim, à vista de todos, interpelá-lo, com indignação: "Por que não cag... em mim!" Tal era a subserviência do ministro.

— Como essa gente de toga é dissimulada! — exclamou Malvino.

— É verdade. — retornou Belarmino. — Para ela, o mundo apenas é virtuoso se atende às palavras antes que às coisas; custa muito encarnar a essência da virtude, e por isso, hoje em dia, a gente se contenta em revestir-lhe a aparência.

Dizendo isto, Belarmino teve um assomo de satisfação à vista do jantar, que chegava. À medida em que comia e falava, o rapaz se deu conta de que não havia concluído a narrativa.

— Não posso deixar de mencionar duas personagens extravagantes que granjeiam os favores da mídia e frequentam assiduamente as colunas sociais. Falo da ministra Risoleta Carranca e do ministro Rufino Borboada.

A ministra Risoleta é uma mulher que já ultrapassou os cinquenta anos há um bom tempo; ainda admiravelmente agradável, e tão consumada na arte de agradar a opinião pública, que possuía mais admiradores no crepúsculo da vida, do que os teve nas primícias. Ela presume de filósofa; sustenta polêmica com os grandes mestres do Direito, e invariavelmente nunca perde, quer pelo melindre destes, quer pelas consequências adversas que lhes poderiam advir com a sucumbência da ministra. É uma boa aplicadora do Direito, desde que acompanhe o relator ou siga a jurisprudência consolidada. Nos demais casos em que é necessário raciocinar, ela se rende sob o inexorável peso de sua constituição frágil. Para Risoleta, o pensamento é um fardo insuportável, que lhe demanda esforços inauditos para efetuar até mesmo as quatro operações aritméticas. Se por inadvertência de seus assessores, a ministra raciocina, sobrevém-lhe uma enxaqueca terrível, comparável, dizem, à dor de alguém que sobreviveu a um murro do Tyson. Um dia eu a vi *enxaquecada*, contorcendo-se em dores; quando ela se ergueu da cadeira, julguei assistir à metamorfose do Drácula. Tal era o estado lamentável da ministra.

Quanto ao ministro Rufino, — continuou Belarmino — é justo que se diga que Borboada não é o seu sobrenome. Mais precisamente é um apelido engenhosamente escolhido por seus pares, diante da conduta hostil do ministro em relação a alguns jornalistas. Quando estes o importunavam com alguma pergunta indiscreta, Rufino respondia com uma bordoada certeira que derrubava o homem e o microfone.

Sua aversão pela polidez é proverbial. Conscientes dessa característica do enfezado colega, os demais ministros usavam-no para intimidar seus desafetos ou para punir os jornalistas falastrões. "Tenho um servicinho pra você", diziam eles. Isso era o bastante para que o estabanado ministro saísse em perseguição de algum pobre jornalista e lhe desferisse uma ou duas boas bordoadas.

Falava-se que a truculência do ministro para com homens da imprensa teve origem ainda na sua juventude. Gonçalo me disse que ele desejava ardentemente ser locutor e que chegou a ser âncora de uma emissora do interior. Por pouco tempo, porém. O redator-chefe demitiu-o, sob a alegação de que Rufino não tinha empatia com o público, não era autêntico, não transmitia credibilidade naquilo que dizia. Numa palavra, era manhoso, sonso e ardiloso, notas pessoais que o distinguiam para ser político ou agiota, mas que interdiziam-no o exercício de qualquer outra ocupação tributária da moralidade. De lá para cá, cônscio de sua ínsita perversão moral, o ministro tenta amenizar-lhe os efeitos através da prática de esportes radicais e de atividades perigosas, tais como a roleta russa, racha de carro, rinha de galo, pega de moto e muay thai.

— Esse ministro é um exemplo vivo de que "o poder faz forte a fraca gente". — disse Valente, com um certo ar de reprovação.

— Decerto! — exclamou Belarmino — O poder é algo assim como o dinheiro; quanto mais se tem, mais se quer; daí a grande semelhança que existe entre o poderoso e o avarento, na medida em que ambos coincidem nos meios que empregam para a obtenção dos fins que os agrilhoam.

— Pelas minhas contas, tens ainda que falar sobre três ministros. — assertou Malvino.

— Sobre os três restantes, pouco ou quase nada tenho a dizer. Digo apenas que os três concordam ou discordam dos demais não por força de princípios ou por razões sistemáticas, senão porque motivos pessoais determinam seu apoio ou aconselham sua divergência. Afora isso, nada sei que seja digno de menção; ou melhor, embora saiba algo, não quero dizê-lo até que eu me convença da sua veracidade e da oportunidade da sua revelação.

Já eram quase dez horas da noite quando os quatro amigos deixaram o restaurante, prometendo-se um encontro para o dia seguinte.

CAPÍTULO 5

—

RODOLFO DESAPARECEU!

—

No dia seguinte, Malvino e Valente despertaram cedo. Enquanto Rodolfo preparava o café, os três conversaram acerca da repercussão do mais recente ato emanado do Tribunal Soberano.

— "Estão proibidas, doravante, a utilização, a posse e a manutenção, a qualquer título, de objetos e livros sagrados, os quais deverão ser entregues em locais determinados pela Corte, para serem posteriormente queimados, por ocasião de um festejo público". — Leu Valente a matéria da primeira página de um jornal deixado sobre a mesa por Rodolfo.

— Isso é o cúmulo da arbitrariedade! — exclamou Valente — Não basta a perseguição física, que atualmente padecemos, soma-se a ela, agora, o martírio das almas, que se veem privadas de seu derradeiro consolo espiritual.

— O arbítrio, porém, não se esgota com a proibição, se acrescenta e barbariza com a punição. Lê o corpo da notícia. — disse Rodolfo, dirigindo-se a Valente.

— "Será punido com dez anos de reclusão quem infringir o preceito primário dessa norma, sem prejuízo da aplicação da pena de morte, em caso de reincidência."

— Isso significa que tens que te desfazer dos artigos religiosos, — disse Malvino a Rodolfo — uma vez que não podes mais vendê-los e nem sequer doá-los.

— Ah! Tal coisa não farei jamais. Ocultá-los bem não é algo impossível para mim, uma vez que disponho de um acesso ao pavimento subterrâneo da loja. Além do mais, não temo as ameaças desses bárbaros ateus. Para um velho, a prisão e a morte não são coisas tão assustadoras, a despeito do que possa pensar delas um jovem.

Terminado o café, os dois amigos despediram-se de Rodolfo, recomendando-lhe cautela e discrição. Quando mesmo lhe sobreviessem apuros, não se precipitasse nem se expusesse ao perigo, mas se mantivesse recolhido em seu refúgio subterrâneo até que eles retornassem. Tais eram as suas recomendações.

A rua estava deserta. A manhã era magnífica e os raios do sol, cintilando alegremente sobre um roseiral contíguo à loja de Rodolfo, lançavam clarões sobre os dois homens que conversavam animadamente.

— Que achaste de Fabrício e Belarmino? — perguntou Valente.

— Até onde eu pude observar, pareceram-me radicalmente diferentes: um é bem reservado; o outro, muito comunicativo.

— Foi o que pensei, tão logo os vi. Acho que devemos provocar a língua de Fabrício, para extrairmos dele o que ele mantém escondido, seja por medo, seja por uma prudente estratégia. Que achas?

— Tenho a mesma opinião, até porque se ele não for estimulado a falar, manter-se-á certamente mudo e alheado do juízo, tanto é o seu melancólico laconismo.

Ainda conversavam, quando chegaram à rua do restaurante, onde, ao cabo de alguns minutos, surgiram Fabrício e Belarmino. Eram onze horas quando todos se sentaram à mesa.

— Vocês já sabem da última? Ninguém mais pode ter consigo Bíblias, livros e artigos religiosos, que deverão ser entregues em postos de recolhimento em até trinta dias, sob pena de prisão. — asseverou Valente.

— Os cristãos correm sério perigo. — retornou Belarmino — Daqui por diante, a perseguição agravar-se-á, até que se cumpra o tempo para a Parusia do Senhor.

— Qual a tua opinião, Fabrício, sobre esta gravíssima situação, considerando que estamos envolvidos nela até o pescoço? — indagou Valente, sorrindo discretamente.

— No passado não se me dava sentir agravar-se o mal, porque causas políticas ditavam a sua irrupção entre nós. Hoje as causas são outras, mas o povo é o mesmo: indolente, servil e desfibrado, é ele quem fornece o açoite ao amo para ser flagelado.

— Não acreditas no protagonismo do povo numa democracia? — retrucou Valente.

— Não acredito no protagonismo de uma ficção. Há aqui instituições políticas, forças policiais e funcionários públicos, mas não há povo. Como a existência da autoridade é um fato incontroverso, postulamos logicamente a existência de um ajuntamento de indivíduos submetidos ao seu poder. Mas isso não basta para caracterizar um povo; não passa de um coletivo humano, transitório e inconstante, que se manifesta por espasmos desordenados, muito a gosto dos socialistas.

— Mas as eleições não provam a existência de um povo organizado? — perguntou Valente, demonstrando um vivo interesse nas palavras de Fabrício.

— Absolutamente, não! As eleições provam apenas a existência das autoridades que organizam as eleições e das que vão ser eleitas. A ciência demonstra experimentalmente que os chimpanzés e os orangotangos são dotados de capacidade suficiente para atos complexos, muito mais elaborados mentalmente do que o exigido para digitar um número na urna e votar no Rodrigo Maia, por exemplo. Nos E.U.A., há autoridade e há povo; a influência do povo norte-americano se nota, agora em bem menor intensidade, nos costumes, na história, no governo, em tudo. Em suma, nos E.U.A., há autoridade e há povo. No Brasil, há autoridade, mas não há povo.

— E as manifestações de rua não constituem atos característicos de uma população homogênea e permanente? — perguntou Belarmino.

— Mais uma vez, não! Essas manifestações não passam, como se disse, de gestos irrefletidos e de espasmos desordenados, para os quais a autoridade não dá a menor bola, porque os sabe desprovidos de consistência e de vontade. Vemos uma multidão, e imediatamente concluímos tratar-se de um povo; isso é um grande equívoco, devido à mentalidade acrítica da nossa gente. Evidentemente, todos os dias, topamos com milhares de pessoas, que vão e vêm, num turbilhão de encontros e desencontros incessante e avassalador. Mas o ideal dessa gente toda não consiste em governar, mas em ser governada. Muitas leis e poucos costumes; muita ordem e pouca liberdade; muita autoridade e muito pouco povo. Os costumes pátrios derivam das leis, ao contrário do que acontece em todas as partes; a nossa história é uma consequência de atos oficiais; o povo é uma consequência da autoridade. Como aquele é uma criatura desta, é natural que quem, sempre autoritariamente, exerce a autoridade nos alimente, nos eduque, nos puna e, nos explore como seres incapazes e infantiloides.

— Concordo em parte contigo, — interrompeu Belarmino — mas entendo que, excepcionalmente, o povo faz prevalecer a sua vontade.

— O nosso povo jamais o fez. Perceba os acontecimentos mais importantes de nossa história e tu te darás conta de que o povo estava ausente em todos eles. Um príncipe português decreta a independência do país, um marechal proclama a república; uma princesa abole a escravidão, os militares expulsam os comunistas; as ideias de um único indivíduo plasmam e dão vida a um movimento conservador, que elege um presidente. Para pôr um exemplo que dirime qualquer dúvida quanto à posição que sustento, é suficiente evocar o resultado do último plebiscito, em que os eleitores rejeitaram o desarmamento. Esse resultado foi respeitado? Não! Mas não se diga que a vontade do povo não foi respeitada, simplesmente porque uma ficção carece de faculdades superiores. O que as autoridades não respeitaram foram as vontades de eleitores isolados, manifestadas em favor do desarmamento.

— Tem muita lógica o teu argumento; não duvido. Mas há uma dificuldade de ordem gramatical que repercute na tua argumentação, criando graves embaraços linguísticos. — ponderou Malvino — Quando eu digo: o povo brasileiro gosta de futebol, feijoada e carnaval, essa assertiva é lógica e substancialmente verdadeira. Se assim é realmente, onde posso localizar o *suppositum* do sujeito, consoante a tua exposição?

— Aí entra o valor operativo da ficção. É o que diz o antigo brocardo: *tantum operatur fictio in casu ficto quantum veritas in casu vero*. Por um procedimento metonímico, que toma a parte pelo todo, construímos mentalmente o conceito de povo da mesma forma que elaboramos a ideia de *Pegasus*, o cavalo voador. Não é raro obter-se conceitos abstratos pela justaposição indefinida de elementos de sua extensão.

—Admitindo que estejas certo, — retorquiu Valente — o que impede, a teu juízo, que um ajuntamento de brasileiros se transforme em povo?

— A classe política. Sempre vivemos sob o jugo de um Estado gigantesco e opressor, continuamente governado por uma casta política gananciosa e corrupta, sob cuja tutela vegeta um amontoado de gente incapaz, ignorante e sem iniciativa. Enquanto o norte-americano quer um Estado pequeno e distante da sua intimidade, o brasileiro o quer como protetor, provedor e árbitro de seus interesses privados. Este quer que o governem o máximo possível; aquele, ao contrário, quer que o governem o mínimo possível. Nossa fórmula é o máximo de governo e o mínimo de liberdade individual. A sua é o mínimo de governo, para que a liberdade floresça, se expanda e incendeie de felicidade o peito de quem é livre. Por essa razão, entendo que para o grande povo do norte, o governo do Líder Supremo é duro de suportar; para nós, não é senão uma tirania a mais.

— Para ti, pelo que vejo, é totalmente indiferente a sorte dos brasileiros sob a atual conjuntura liberticida. Ou estou errado? — ripostou Valente.

— Enganas-te. Preocupo-me com a sorte das criaturas deste país, em que nasci e que amo verdadeiramente. Preocupo-me com a sorte delas, porém, enquanto indivíduos cristãos, e nessa condição e com essa reserva, defendê-las-ei e até morrerei por elas, se necessário. Pesa-me sinceramente, havê-los escandalizado. Não cederia um milímetro sequer, creiam-me, se fora meu filho quem, pretextando penúria e sofrimento, dissimulasse covardia e fraqueza.

A esperança de que a refeição terminasse, segundo a expectativa geral, com um agradável bate-papo se desvaneceu tão logo os batedores da polícia ocuparam as ruas da região determinando o imediato recolhimento de todos os circulantes às suas casas, bem como o fechamento provisório dos estabelecimentos comerciais. Procedia-se assim quando uma autoridade do primeiro escalão do governo visitava um logradouro ou simplesmente atravessava um bairro da cidade. Sem outra alternativa, os quatro abandonaram apressadamente o restaurante, e, por sugestão de Malvino, se dirigiram para a loja de Rodolfo.

— Lá conhecerão Rodolfo, o dono da loja, um bom amigo que tão gentilmente nos acolheu, com boa sombra e farta mesa. — disse Malvino, apressando o passo.

Já o último transeunte havia se recolhido e as ruas dormiam em silêncio, quando os homens chegaram à porta da loja. Só então Malvino se deu conta de que algo estava errado, pois a casa jazia imersa em trevas e nem sequer no quarto de Rodolfo se via luz. O cãozinho deste ouviu os passos e, ladrando, correu para Malvino; depois, reconhecendo-o, pôs-se a ganir, como se implorasse ajuda. Malvino percorreu com a vista toda a extensão da casa, e nada indicava que houvera ali algum sinistro ou violência. Tudo estava em ordem, tudo estava inalterado, consoante a disposição que o ancião dava às coisas. Rodolfo não costumava sair sem comunicar o motivo por que o fazia, e o paradeiro a que se destinava. Além do mais, se houvesse saído, já deveria ter retornado em razão do toque de recolhimento. Movidos pela ideia de que o pior pudesse ter acontecido, Malvino e Valente percorreram toda a vizinhança em busca de informações sobre o desaparecimento do velho, dono da loja. Ninguém sabia de nada, ou melhor, ninguém queria se comprometer, preferindo silenciar a correr riscos. O desânimo já começava a refrear-lhes o ímpeto de fazer alguma coisa, quando inopinadamente alguém veio até eles e se dispôs a falar. Era um antigo amigo e freguês de Rodolfo, morador da mesma rua. Assistira a tudo e sobre o que vira, falou muito consternado:

— Eles o levaram!

— Eles quem? — perguntou Malvino, algo impaciente.

— Os policiais. O velho estava tranquilo; em nenhum momento se alterou ou disse qualquer coisa. Apenas ouvi um policial mencionar que iriam levá-lo para a Delegacia de Combate à Superstição.

Era o que Malvino não queria ouvir. Quem entrava ali, jamais saía. Mas era por ali que a busca devia começar.

CAPÍTULO 6

—

O SURGIMENTO DE RODOLFO

—

A Delegacia de Combate à Superstição distava quase dois quilômetros do centro da cidade. Era uma construção recente, espaçosa e arejada, mas não era moderna. Ocupava um espaço considerável em um amplo terreno destinado à prisão de acusados de crime de superstição. Tinha duas fileiras de janelas simetricamente dispostas, todas guarnecidas com vidraças à prova de bala, e um portão de acesso chapeado em aço.

Quando lá chegaram, esbaforidos e suados, os quatro amigos vasculharam os vários departamentos da delegacia, à cata de informações acerca do paradeiro de Rodolfo. Encontraram, enfim, o setor de protocolo, onde eram registradas as entradas dos presos. Ali mesmo obtiveram a permissão para vê-lo por escassos cinco minutos. Sua cela estava situada no final do corredor do segundo andar, para onde os levou um policial grosseiro e mal-encarado, que devia presenciar a conversação.

— Rodolfo, meu amigo, como estás? — perguntou Malvino, aquém das barras de ferro que o separavam do preso.

— Eu estou bem; apenas com um pouco de dor de cabeça, que a falta de óculos me ocasiona sempre.

— Mas como aconteceu tudo isso? — retornou Malvino.

— A polícia sabia que eu ainda tinha comigo o material proibido, com o qual eu comerciava com os meus clientes católicos. Não me desfiz dele, e por isso não me arrependo, apesar das intimações policiais que desatendi e dos conselhos de Alonso, que ignorei. Por essa razão, me consideram reincidente. Amanhã vou ser julgado; se for condenado, a pena é a ...

Rodolfo não pôde concluir a frase, tal era a sua fragilidade mental. Apenas colocou as mãos no rosto e baixou a cabeça.

— Não fiques assim. — ponderou Malvino — Amanhã será outro dia, e tudo vai se esclarecer. Por ocasião do julgamento, estaremos aqui ao teu lado.

— Malvino, um favor apenas te peço. Avises meu filho do ocorrido, para que ele constitua um advogado para me defender.

— Claro! Como te disse, não te preocupes, oxalá amanhã tudo esteja resolvido. — dizendo isso, Malvino se despediu do velho amigo, de vez que o tempo permitido havia se escoado, e a impaciência do policial estava a ponto de se transformar em violência física.

Quando deixou a delegacia, acompanhado dos amigos, Malvino não podia dissimular a grande preocupação que lhe invadia a alma, ocasionando-lhe um tal abatimento, que se deixou perceber na voz e nos gestos. Valente, atento à radical transformação do amigo, questionou-o em voz baixa:

— Pressentes algum vendaval, que se avizinha?

— Pode ser que eu esteja errado, mas sinto que as coisas não andam bem, que escapam ao nosso controle. Rodolfo já se dá como perdido e eu, vendo-o assim, persuado-me de que o pior é inevitável, a menos que...

— A menos que? — retornou Valente.

— A menos que Alonso intervenha. Ele é o filho e tem recursos; bem pode ser que ele contrate um advogado de prestígio, arranje as coisas ou, até mesmo, suborne alguém, de maneira a provocar uma reviravolta na situação. Vamos procurá-lo imediatamente.

A noite estava serena. Através duma espessa bruma que pairava sobre o solo, irradiavam-se clarões brancos e rubros das lanternas dos veículos, que ziguezagueavam e fumegavam como faíscas elétricas expelidas de sucessivos relâmpagos. Sob essas condições, bastante incômodas para quem caminha à noite, os quatro companheiros se dirigiram à casa de Alonso. O filho de Rodolfo morava num bairro residencial de luxo, numa casa elegante e confortável, acompanhado da mulher e de três filhos. Um destes abriu a porta.

— Por favor, Alonso está? — perguntou Malvino.

O menino foi chamar o pai, que, de pijama, já se preparava para dormir.

— Como vai, Malvino? Podem entrar. — disse friamente Alonso.

Sentaram-se todos em requintadas poltronas, dispostas elegantemente sobre ricos tapetes orientais. Malvino, algo embaraçado, começou a falar.

— O que me traz aqui é um assunto urgente e doloroso. É doloroso porque é um drama relacionado a teu pai; é urgente, porque qualquer medida a ser tomada, deverá ser ela pronta e imediata. Rodolfo foi preso hoje por reincidência em crime de superstição, cuja pena, admitida a reincidência, pode levá-lo ao patíbulo.

Alonso ouviu silenciosamente as palavras de Malvino, sem nenhum sobressalto, sem nenhuma contração da musculatura facial, sem qualquer manifestação física que denunciasse um assomo de piedade filial.

— Não estou surpreso nem abalado, como vês. — respondeu Alonso, aconchegando-se no sofá. — Inúmeras vezes preveni o meu pai sobre o perigo que ele, constantemente, desafiava. Zombava das minhas razões, invocando, invariavelmente, a proteção de entes sobrenaturais e fantasmagóricos, até que minha paciência se esgotou, quando, por caturrice e ignorância, ele não se deixou marcar.

— Ele necessita mais do que nunca de ti agora; — retrucou Malvino, com insistência — Rodolfo precisa de um bom advogado e dos ótimos contatos que seu único filho certamente os tem, para valer-lhe a nomeada de um e os préstimos dos outros, em ordem a tirá-lo do sufoco.

— Creia-me, Malvino, não moverei uma palha para ajudá-lo. Não penses que desamo o meu pai ou que me move um sentimento velado de revanche. Com a minha recusa, olho exclusivamente os meus interesses profissionais e a segurança da minha família, os quais correriam grande risco no caso de que transpirasse um eventual auxílio prestado a um acusado de superstição, mesmo que o prestasse um filho em favor de seu pai ou vice-versa. Se queres um conselho, afasta-te, enquanto há tempo, desse processo; caso contrário serás malvisto pelo Tribunal Soberano, quiçá mesmo venhas a suportar as consequências de sua perseguição implacável.

Essa resposta teve um efeito devastador no espírito de Malvino. Reuniu ele todas as forças que ainda dispunha para refrear as consequências de sua ira, que, se desatada, levá-lo-ia a agredir o patife em sua própria casa.

— Não penses que vou insistir depois do que acabo de ouvir. — disse Malvino, com a voz trêmula de indignação. — Nem tampouco vou dizer-te o que merecerias ouvir, porque o respeito que tenho pela tua família é maior que o desprezo que sinto por ti. Mas não faltará oportunidade para eu dar remate, com meus punhos, à obra vingadora concluída por Deus.

Já eram onze horas da noite quando os quatro homens deixaram a casa de Alonso e se dirigiram para a loja de Rodolfo. Nessa noite, Malvino não pregou o olho. Não contente desse infausto enredo, o incansável guerreiro matutava a forma de proporcionar uma defesa técnica à altura da gravidade da pena em que incorrera Rodolfo. Mergulhado em pensamentos dispersos e fustigado pela preocupação, nenhuma ideia ocorria a Malvino, nenhuma solução brotava de sua mente fatigada.

Amanhecia apenas, quando Malvino desistiu de dormir e de pensar no caso que lhe tirou o sono. Preparou o café e aguardou o momento de retornar à delegacia. Depois de algumas horas, os amigos despertaram, famintos. Malvino convidou-os para desjejuarem à partida com um magro café da manhã.

Afinal, puseram-se a caminho, reanimados pela luz do sol, que prenunciava para esse dia intenso calor e pouca umidade. Chegaram, enfim, à delegacia onde tumultuava grossa multidão de parentes dos acusados de superstição. Todos seriam julgados nesse mesmo dia, em sessões sucessivas e ininterruptas. Malvino obteve no protocolo a informação de que o julgamento de Rodolfo iria realizar-se em pouco mais de uma hora; na respectiva pauta constava que o réu não tinha advogado constituído.

Aterrorizado com a perspectiva da iminente condenação de Rodolfo, Malvino consultou Valente sobre se seria viável defendê-lo, a despeito de sua total inexperiência como criminalista. Ante a hesitação de Valente, justificada pela desastrosa consequência que adviria de uma irrisória falha técnica, Fabrício apresentou-se, dizendo: "Estou pronto!"

— Sim! Sou advogado, embora minha situação e meu traje não indiquem isso. Advoguei por mais de trinta anos nessa área, de modo que posso enfrentar essa tarefa com ardor e desassombro, embora não possa, contudo, prometer um desfecho feliz. — concluiu Fabrício.

Instruído por Malvino para que se apresentasse ao réu como advogado constituído por seu filho, Fabrício dirigiu-se à cela de seu cliente, acompanhado de Valente.

Por mais de uma hora, Malvino experimentou a aflição dos desesperados, que consiste em defender perigosamente a vida, sabendo-a já perdida. Belarmino tentava ainda confortá-lo e transmitir-lhe a esperança de que nem tudo se perdera. Mas a realidade é inexorável; o cortejo de familiares que choravam a sorte dos condenados era imenso e desmentia o otimismo de Belarmino.

Enquanto essas coisas ocorriam no interior da delegacia, engrossava no seu pátio externo um ajuntamento de víboras, de militantes socialistas desocupados e munidos de alto-falantes e bandeiras vermelhas, cuja única satisfação pessoal se resumia em seguir e insultar os condenados durante todo o trajeto, até que, chegados ao local do suplício, regojizavam-se com cada cabeça que rolava. O veículo que iria conduzir os infelizes estava estacionado em frente da delegacia, à espera de que os últimos condenados tomassem assento. Com a sinistra lotação, tinha início uma algazarra medonha, acompanhada de urros, berros e xingamentos, que agravavam o padecimento dos mártires. "Morram os cristãos!", "morte aos coxinhas!", "cadê teu Deus que não te salva!", tais eram as ofensas indecorosas e sacrílegas assacadas contra os fiéis judeus e cristãos.

Dentro da delegacia, o pavor de Malvino se acrescentava com o início do julgamento de seu velho amigo. O promotor tinha sua denúncia padronizada, um arrazoado de meia-folha, onde pedia invariavelmente a condenação e o reconhecimento da reincidência. Foi dada então a palavra a Fabrício, por exíguos cinco minutos.

Alto, bem apessoado e senhor de si, Fabrício era uma dessas criaturas que encantam pela nobreza de seus gestos e por sua voz grave, melodiosa e cadenciada. Jamais ria, suas razões eram peremptórias e irretorquíveis, sua austeridade emprestava às suas palavras e aos seus atos um não sei quê de imperturbável firmeza e sinceridade. Era nesse homem invulgar que Rodolfo confiava agora sua absolvição e sua vida.

— Egrégia Corte! — principiou ele o seu discurso — Vislumbrar na conduta do réu a prática de um crime é o mesmo que enxergar na prática cirúrgica um delito de lesão corporal. A essa aberrante conclusão conduz a interpretação literal, quando ela é empregada irrestritamente e a despeito do espírito da lei. O réu não vendia nem guardava consigo o material proibido, senão que tirou-o de circulação e sepultou-o num vão subterrâneo, inacessível até mesmo ao proprietário da casa, uma vez que a escada de acesso ao vão foi removida. A defesa repele também a acusação de reincidência, de vez que não pesa sobre o réu decisão condenatória com trânsito em julgado, anterior a esta demanda.

Concluído o discurso de Fabrício, o juiz determinou um recesso de quinze minutos para a elaboração da recorrível sentença. Escoada a duração do recesso, o juiz retornou e proferiu a decisão, cujo dispositivo dizia: "Condeno o réu como incurso nas penas do artigo 3º da Lei nº 54, de 10/08/2026, impondo-lhe a morte por decapitação em praça pública".

Rodolfo ouviu a sentença em silêncio. Tinha a razão alterada, as ideias obscuras, não podia ver nem ouvir nitidamente. Tudo o que nessa última hora se passara como que o esmagava sob a perspectiva de uma morte horrenda e injusta e, com esses pensamentos, foi caminhando, desnorteado, até chegar à rua cheia de gente e de ruídos estridentes, ruídos característicos dos dias de execução coletiva. O seu espírito vogava entre esses desesperados pensamentos, quando subiu no transporte macabro para completar sua lotação.

Durante todo o percurso do veículo, que era lento a fim de que os desventurados passageiros ouvissem os insultos da canalha turbulenta, havia um na multidão que batia no peito e chorava copiosamente: era o inconsolável Malvino. Esse homem de ferro, provado em muitos combates da vida, experimentara já a perda de um amigo fiel; sentia agora profundamente a perda de outro, que o fazia derreter-se em lágrimas, como uma criança frágil e desamparada.

Afinal o veículo parou nas imediações duma grande praça onde estava armada a ingente estrutura do cadafalso. Os mártires de Deus, um a um, desembarcaram e se postaram diante do carrasco, sob uma intensa manifestação de júbilo do populacho. Apesar da ruidosa gritaria, um berro de Malvino fez-se ouvir; Rodolfo virou a cabeça e sorriu para o amigo. Coisa maravilhosa, durante o trajeto, Deus havia operado um prodígio em Rodolfo: cabisbaixo e amargo, a princípio, tornou-se bravo e tranquilo diante da morte. A multidão transtornada despejava sobre os infelizes que iam morrer torrentes de grosseiras injúrias, de ignóbeis motejos, tudo à vista do carrasco, protagonista principal da sangrenta encenação. Kabir dera entrada na praça, ruidosamente aclamado pela multidão, que ansiava por vê-lo trabalhar. Era horrível! Alvo do delírio de abjetas criaturas, sempre ébrias de sangue, havia não sei quê no carrasco, tão hediondo, que qualquer um que o visse se julgaria vítima de terrível pesadelo ou de uma alucinação provocada por um gênio Maligno. De pé, na plataforma, encostado em uma das colunatas, brincando com seu instrumento de trabalho, Kabir olhava a multidão com olhos faiscantes de predador insaciável. As narinas dilatadas aspiravam com sofreguidão as emanações que provinham do machado, cuja lâmina, avermelhada, mostrava ser ainda a da véspera.

Rodolfo era o número três na ordem das execuções; vale dizer, teria que presenciar duas decapitações antes da que poria fim à sua vida. Mais uma dor que se acrescentava à do próprio suplício, tal era a crueldade dos algozes da religião cristã. Chegado ao cadafalso, subiu nele com passos fortes, pediu que não lhe vendassem os olhos, ajoelhou-se, e entregou a cabeça ao cutelo e a alma a Deus.

Malvino quase desabou com o barulho surdo do machado. Nesse dia nada mais fez nem reagiu a qualquer estímulo vital; suas forças sucumbiram diante da inexorabilidade da dor.

CAPÍTULO 7

—

SESSÃO DE SEMIDEUSES

—

O desenrolar do drama protagonizado por Rodolfo ainda teve mais um ingrediente macabro. Assim que a sentença foi proferida, Fabrício interpôs recurso, pela internet, ao Tribunal Soberano, onde requereu liminar suspensiva da execução. O processo foi distribuído ao ministro Felício Catabriga, o tal que produzia votos extensos e cansativos. Recebido os autos, impressos em três folhas, o ministro disse com enfado:

— Isso pode esperar! O plenário delibera agora sobre questão da mais alta gravidade, que seria prejudicada com o exame paralelo de causa subalterna.

De fato, o plenário estava reunido, com vistas à apreciação de sugestões relacionadas ao tratamento que se devia dispensar aos seus membros, uma vez que *excelência*, além de muito banalizado, não corresponde mais à elevação sublime dos conspícuos magistrados do Tribunal Soberano.

Vossa Graça, Vossa Majestade e Vossa Alteza foram descartados de plano, vulgarizados que estão por Hollywood. O Ministro Lindoso optou por Vossa Onipotência, os demais sugeriram sucessivamente Vossa Altíssima, Vossa Docta Sapiência e Vossa Onissapiência. Cabia então ao decano decidir. Felício Catabriga se levantou, ajeitou a toga com a ajuda da secretária, pôs-se de perfil e, olhando para o espaço vazio, disse pausadamente:

— Doravante, seremos tratados por Vossa Onissapiência. A Majestade do cargo exige essa honraria, que, pronunciada pelo jurisdicionado, faz-lhe lembrar constantemente o respeito que deve aos seus superiores.

Havia mais de uma hora desde que o processo de Rodolfo chegara às mãos do relator. Nesse momento, a secretária, lívida e agitada, dirigiu-se apressadamente até o ministro com um telegrama na mão que dava conta de que o réu tinha sido executado.

— Que fatalidade! — disse a Ministra Risoleta — Sinto muito.

— Mas eu não sinto! — respondeu Felício — Desculpe a minha sinceridade. Mas eu careço de sensibilidade. Folheio algumas páginas da Divina Comédia, leio uma tragédia de Shakespeare, ouço uma ária de Puccini, e é inútil. Todos os gestos que eu faça, todas as atitudes que eu tome, são pura afetação. Tenho de me resignar à minha insensibilidade. Quando vou a um concerto e vejo a emoção das pessoas, enquanto eu permaneço frio, julgo-me um monstrinho.

— Você está exagerando. — disse o Ministro Crispim, abanando a cabeça — Seu problema consiste apenas na visão cinzenta que você tem da vida.

Pareceu claro que os demais ministros, por uma combinação articulada de eufemismos e cortesias, pretendiam correlacionar a insensibilidade de Felício com sua extrema vaidade, materializada nos votos extensos e rebarbativos de sua lavra. Um homem instruído e inteligente, um homem cultivado, grande leitor, mas que associa aos conhecimentos que dá o livro aqueles que fornecem a vida e o mundo, um homem assim dotado e armado cerebralmente se deixa dificilmente enganar pelas palavras e, ele próprio, não tem o hábito de abusar delas. Ele não ignora que a força está na simplicidade, e que os espíritos acanhados se distinguem frequentemente pelo excesso e ostentação da linguagem.

— Fiz de tudo para reprimir esta fraqueza de caráter. — continuou Felício — Que poderia eu fazer para despertar a minha sensibilidade moral? Pensei eu. Então me ocorreu uma ideia. Vou cometer uma injustiça formidável; um ato medonho aos olhos da civilização, algo odioso, apocalíptico e imperdoável para a consciência moral; vou determinar que a polícia se abstenha de efetuar prisões, no prazo de cento e oitenta dias, a contar da data da publicação da decisão, em virtude da qual, ademais, ficava suspenso, pelo mesmo período, o reconhecimento das excludentes de antijuridicidade, principalmente o da legítima defesa. Por outras palavras, eu entreguei o povo, de pés e mãos atados, à total discrição da bandidagem. Quantos homicídios! Quantos latrocínios! Quantos estupros! Tantos seriam os crimes e tão pavorosos, tudo por minha culpa, que não haveria outra alternativa senão a de consternar-me, arrependido. Pouco tempo depois, começou a morrer gente e o estupro se generalizou; casas eram invadidas, o comércio vandalizado, a droga proliferava; velhos, mulheres e crianças gemiam sob a crua truculência do crime organizado. Quando da cidade não restavam senão escombros da antiga ordem jurídico-moral, retirei-me para o campo, provido de inúmeros jornais e revistas, de modo a expor-me à dor do remorso e ao aguilhão do arrependimento, à vista das consequências da minha maldade. Li todas as notícias e vi variadas fotos das calamidades ocorridas. Pus o pijama e me deitei. "Que noite horrível vou passar!" — pensava. Mas, infelizmente, dormi como uma criança inocente e despertei faminto como um adolescente. Não havia sentido, durante a noite, qualquer empacho, nenhum remorso. Era verdadeiramente um monstro.

CAPÍTULO 8

—

UMA RESENHA DO PAÍS

—

A situação política do país estava muito abalada desde que o Tribunal Soberano tomou as rédeas do governo, em nome do Líder Supremo. A ditadura daquele tribunal, exercida por conta do Governo único, estava em toda a plenitude de sua força e crueldade, e a execução de sua legislação tirânica infundia o pavor na população desarmada, ao mesmo tempo que o terror grassava entre os que ousavam resistir-lhe. Entretanto, pairavam no ar vagos pressentimentos de próxima luta contra o poder estabelecido, que tornara-se inflexível no rigor. Assim, a resistência, aproveitando, por um lado, o inconformismo dos agricultores e dos empresários, e por outro lado, a fé inabalável dos cristãos, redobrava os esforços para enfraquecer o governo. Os descontentes eram muitos, e principiavam já a organizar-se como força religiosa, bem antes de se manifestarem como movimento político.

Nesse estado de coisas, raros eram os que compareciam aos postos de atendimento, onde era imprimida a marca governamental nas mãos dos cidadãos, com vistas à atribuição de capacidade de direito para a realização de qualquer negócio jurídico. Apesar de proibidas, as missas eram celebradas abertamente em casas e até mesmo em praças, cujas homilias exortavam os fiéis à desobediência de toda ordem contrária aos Evangelhos, especialmente a que impunha submissão, absoluta e incondicionada à vontade do Líder Supremo.

O Tribunal Soberano então interveio. Todas as medidas extremas de que é capaz de conceber a mente humana foram empregadas por essa corte tirânica. Controlou-se o pensamento, perseguiram-se os religiosos, imolaram-se os cristãos, censuraram-se a imprensa e as redes sociais. Os cidadãos inquietos, desconsolados, perguntavam uns aos outros quais seriam os resultados prováveis daquele descontentamento quase geral e abafado unicamente pela violência.

Entre as inúmeras queixas suscitadas pelo sistema em vigor, algumas eram latentes, outras manifestas: os tíbios emudeciam, receosos de se tornarem suspeitos. Outros, indiferentes à política, mas que sempre dependeram dela para se enriquecer, calavam-se por respeitoso temor. Outros ainda, mais audazes, apareciam à luz do dia; eram tenazes e incessantes nas censuras. Os que as proferiam não queriam só reagir contra o sangue vertido, desejavam sobretudo governar o país e implantar a democracia.

Se há época na nossa história, a respeito da qual seja difícil escrever, sem paixão e com imparcialidade, é sem dúvida essa que os teólogos chamam de a *Grande Tribulação*, durante a qual o odioso se encontrava com o sublime a cada passo; época em que o crime e o heroísmo se tocavam; em que os mais puros sentimentos se viam cotidianamente em contato com os instintos mais ignobilmente ferozes.

Nesse época, o povo brasileiro dividiu-se em três categorias: a categoria das vítimas, a dos algozes, e a terceira, a dos homens de energia e de alma, de convicções puras e fortes; homens que, carentes de tudo, sem armas e quase sem pão, combatiam o despotismo de juízes togados, investidos de poderes absolutos, delegatários que eram do Governo Único Mundial.

As vítimas eram, principalmente, os cristãos e os judeus, gente habituada historicamente ao sacrifício e à perseguição; precocemente viam terminar os seus dias no patíbulo, ou porque confessavam o seu Deus ou porque não se deixavam assinalar pela marca da Besta. Era um contingente humano pacífico, que normalmente se escondia e calava a fim de não atrair sobre si o olhar indiscreto da polícia e para não incorrer em ameaça ao poder supremo do Tribunal Soberano.

Os algozes eram uma categoria ampla e diversificada que incluía o Tribunal Soberano, os antigos parlamentares, partidos de esquerda e os militantes da Nova Ordem Mundial. O Tribunal Soberano era composto de onze membros, todos nomeados pelo Líder Mundial, que respondiam pela administração, jurisdição e legislação interna do país, salvo em matérias de peculiar interesse de municípios de até 10.000 habitantes; vale dizer, todas as funções primordiais do Estado estavam concentradas naquela corte suprema, que as exercia de forma exclusiva e irrecorrível sobre todo o território nacional.

Era de sua competência exclusiva também a condenação à morte, especialmente nos casos de ofensa às diretrizes baixadas pelo Líder Supremo, o que expunha os seus integrantes à antipatia popular, tanto mais que o povo sofria com indignação e maior dificuldade a insolência dessa nobreza da toga, contra a qual a virtude nada podia e sempre se humilhava.

Entre todas as causas que produziria, depois da revolta popular, a principal, ainda que possa hoje parecer secundária, foi decerto a empáfia dessa corte privilegiada, mais ainda que o seu despotismo nas obras. Seus membros usavam da vaidade em toda a sua ingenuidade; tinham em ponto de honra a arrogância; eram insuportáveis de amor-próprio, e nunca se reputavam soberbos bastante, e bastante odiosos. E não se cuide que a impertinência dos juízes do Tribunal Soberano se limitava a estroinices individuais, a bravatas isoladas, a insultos disfarçados: dirigia-se frequentemente à população inteira.

Os primeiros a tomar como exemplo essa licença, que por vezes degenerava em verdadeiros crimes, foram os militantes da Nova Ordem Mundial. Intelectuais, professores, ativistas, agitadores e demagogos faziam causa comum em torno da supressão da religião e do melhor meio para incomodar, perseguir e eliminar os judeus e os cristãos.

Nos restaurantes e botecos era grande o número de frequentadores desse gênero. Um, especialmente, maior do que todos, tinha o vantajoso privilégio de ser ao mesmo tempo bar e restaurante, um conhecido ponto de encontro de intelectuais e militantes socialistas. Ali, em volta de mesas sujas, sucediam-se as palavras de ordem por entre copos de cerveja, e cada um dos presentes podia manifestar à vontade o seu credo político e a sua sede de sangue. Não se viam mais, como no passado, homens de andar enérgico e franco, de olhar firme, de sincera alegria, de ingênua simplicidade; não, as fisionomias eram então sinistras e ferozes, patibulares os rostos, os corpos disformes pelos excessos, os olhos felinos de olhar traiçoeiro.

As mulheres, por sua vez, não eram menos violentas. Muito ao contrário. Cantarolavam uma canção, que teve grande voga, e deixou fama medonhamente célebre.

> Vamos à luta, irmãos!
> Vamos à luta, irmãos!
> Nosso Deus é Marx,
> Maior que o dos cristãos.
> Vamos à luta, irmão!
> Vamos à luta, irmão!
> Lenin é o Messias,
> Cristo não é não!

Esses versos descreviam as naturezas monstruosas, que de mulheres só tinham o nome; megeras medonhas, ultrapassando, em ignóbil realidade, quanto a imaginação pode criar de hediondo, de repelente e de feroz. Pelo seu apego ao martírio dos cristãos, passaram a chamar-se as Kabiretes, por derivação de Kabir, o nome do principal carrasco da cidade.

Com os cabelos desgrenhados a saírem-lhes por baixo do boné vermelho, de tênis ou descalças, envoltas numa bandeira cor de sangue, as Kabiretes davam a ideia exata das mitológicas Eumênides, brandindo serpentes. A fisionomia era febril, os olhos esbugalhados e ferozes, o nariz afilado, tudo nelas compunha um perfil de bruxa malévola.

A voz era rouca; a cor do rosto, crestado pelo sol, era completamente viril. Finalmente, a maneira de andar tinha alguma coisa que as denunciava de longe.

Por ocasião das execuções, as Kabiretes, colocadas em um lugar onde pudessem ver bem e de perto, formavam um círculo em torno do patíbulo, e contemplavam ávidas aquele espetáculo cada vez mais curioso para elas. Davam corda à multidão. Inflamavam-na. Bastava olhar para elas, ficava-se logo sabendo se haveria espetáculo, no qual os cristãos seriam as atrações. Mal aparecia o carro dos condenados, acompanhados de guardas, as Kabiretes começavam a abrir caminho por entre a turba, num verdadeiro delírio de lubricidade e carnificina. Entoavam então o cântico hediondo, agitavam os braços, batiam os pés: gritavam, "ele não", "morte aos fascistas", e seguiam de longe as vítimas com interesse criminoso.

  Assim que os cristãos chegavam ao lugar do martírio, principiavam as injúrias, "coxinhas", "racistas", "homofóbicos", e todas as ameaças das Kabiretes, que os condenados tinham que suportar. A tristeza daqueles infelizes provocava-lhes riso; a resignação, o escárnio; a firmeza e a raiva. Os insultos só se arrefeciam quando aparecia Kabir, o carrasco. Este homem deleitava-se em aumentar o suplício das vítimas. Matar para ele era arte, e esmerava-se em aperfeiçoá-la. Gostava de observar filosoficamente a natureza humana nas angústias supremas da hora da morte, durante a qual media friamente o valor do supliciado. Por isso, os inimigos dos cristãos compraziam-se em homenageá-lo. Kabir era uma verdadeira celebridade. Dava entrevistas, fazia comerciais, comparecia a eventos esportivos, a shows musicais, fazia até lives com magistrados do Tribunal Soberano. A todas essas homenagens, o carrasco respondia apenas com um horrendo sorriso. A maldade do tempo não deixava ver que nas feições de Kabir havia mais da frieza do chacal que da altivez da pantera. A baixeza e a covardia estavam estampadas na fera expressão de seu rosto; não obstante isso, o célebre imolador de cristãos era festejado por intelectuais, jornalistas, professores, por insignes universidades e por outras tantas instituições culturais espalhadas pelo país.

CAPÍTULO 9

—

A VINGANÇA

—

O território do país estava dividido em cinco regiões, havendo em cada uma delas um órgão gestor que administrava seu espaço regional em nome e por delegação do Tribunal Soberano. Esse órgão recebia o nome de Centro Regional de Assuntos Gerais, o CRAG, que era dirigido por um agente de confiança do poder delegante, abaixo do qual existiam os Núcleos Populares de Vigilância, os NPVs, nos principais municípios da região. Invariavelmente, os NPVs seguiam, com tendências idênticas, o CRAG, ao qual prestavam contas regulares.

Nas cidades sedes, tudo o que havia de mais repulsivo e cruel fazia parte do Núcleo. Este tinha seu local, suas assembleias regulares, seu escritório, seus demagogos, seus militantes, seus dirigentes, um pouco mais inteligentes ou um pouco menos imbecis que os outros membros, e que só tinham alguma influência sobre os demais ao preço da adulação servil que lhes prestavam.

As coisas não eram diferentes no âmbito dos CRAGs, nas capitais das regiões. Eles se propunham ao mesmo fim, eles tinham o mesmo ideal dos NPVs: o aniquilamento dos cristãos, dos sacerdotes e dos judeus, o empobrecimento dos ricos, o enriquecimento dos pobres, e o direito ao ócio. A arbitrariedade campeava, onde a inversão de valores era a regra. Um sapateiro, um pedreiro, um empalhador de cadeiras que se transformam do dia para a noite em administrador, em delegado ou em tabelião, correm o risco de distorcer suas funções, ainda que exercendo-as com boas intenções, o que frequentemente não era o caso. Mostravam, pelos resultados que apresentavam e pelas iniquidades que praticavam, que eram por demais inferiores ao cargo que ocupavam e à confiança que se lhes depositava.

Eis o raciocínio que fazia a maior parte dos membros da CRAG. Eles pensavam, e todo mundo em volta deles pensava-o igualmente, que os mendigos e os miseráveis, por muito tempo desconhecidos e desprezados, por muito tempo sacrificados, têm o direito à riqueza, e que para exercerem esse direito, não devem negligenciar nenhum meio nem se embaraçar com qualquer escrúpulo. Tudo deve encorajá-los e ajudá-los nessa cruzada macabra: a impunidade quase universal, uma extraordinária incúria administrativa e financeira, o uso cimentado de não prestar ou manipular contas e o assistencialismo estatal sem controle para manter uma imensa e sempre crescente multidão de militantes da Nova Ordem Mundial.

Para arquitetar e tornar mais nocivo o imbecil fanatismo desses desordeiros, desses agitadores desprovidos de todo trato humanitário, para inflar ainda mais a burda vaidade dessa aristocracia socialista, saída dos porões partidários da antiga ordem política, gratificou-se-lhes com poderes muito extensos, quase ilimitados. Eles, porém, não os acharam suficientes, e buscaram por outros meios as vantagens que o cargo não podia dar-lhes honradamente. Um desses meios foi a delação. Para se conformar aos desejos da multidão e às necessidades de seus líderes, fez-se da delação um sistema de governo, uma instituição republicana. Em todos os meios, notadamente nos meios populares, os delatores, homens ou mulheres, pululavam. As marcas, ou as pretensas marcas, de superstição cristã que assinalavam em suas vítimas variavam ao infinito.

Recolhidos, amplificados, propagados por fanáticos, maníacos, nanicos morais, patifes vulgares e frequentemente por suspeitos de crime, desejosos de desviar de si a atenção pública, os ruídos mais absurdos, as mais ineptas acusações, as calúnias menos verossímeis, assumiam a feição de prova concludente, apta a arrojar na prisão ou no patíbulo um jovem rico ou um padre inocente.

Por tudo isso, uma sombria desconfiança se apoderou dos espíritos. Multiplicaram-se os emissários da delação: a espionagem incomodava como uma nuvem de insetos. As famílias despediam seus empregados; os amigos se afastavam; os irmãos se temiam;

os pais tinham medo de seus filhos; estes desconfiavam de seus pais; marido e mulher se alternavam na vigilância recíproca. Todos os laços da sociedade dos homens foram quebrados, destruídos. O amor, esse sentimento imperioso da natureza foi inficionado na sua intimidade, em seu prazer. Um sorriso, um cumprimento, um olhar, talvez, poderiam dar ensejo a interpretações perigosas, a avanços incômodos da autoridade onipresente.

Outro meio opressivo posto à disposição dos militantes do CRAG foi a vandalização. O instinto predatório da multidão, sua ignorância invejosa e brutal, seu horror pelo imponente e majestoso, foram os principais móveis, as causas mais determinantes desse desejo de destruição.

O culpado, é preciso dizê-lo à vista desses tristes excessos, não é ninguém e é todo mundo, não é nenhum partido e são todos os partidos que encorajaram, com seus discursos inflamados de ódio e com sua fraqueza diante da turba, paixões e ressentimentos que não são exclusivos desse tempo, mas que hibernam no fundo de todas as sociedades humanas, mesmo quando as revoluções não as agitam na superfície. O autor direto, imediato do vandalismo, para chamá-lo por seu nome, é a demagogia, flagelo da civilização e da paz social, que se modifica, mas não morre nunca. Ela não deixa o machado senão para empolgar a tocha.

Catedrais, palácios, igrejas, conventos, monumentos religiosos, tudo que fora, ao longo dos anos, admirado por fiéis, prelados, artistas, aristocratas e burgueses, o povo que os havia construído, e que os havia construído sem apreciá-los, começou, por sua vez, a detestá-los. Eles agrediam sua tendência igualitária, insultavam sua visão horizontal da realidade e ameaçavam sua mundanidade, único padrão pelo qual aferiam a sua liberdade.

Livres doravante para satisfazer os seus rancores contra os homens e contra as coisas, os arruaceiros demagogos, acompanhados de sua tropa regular, visceralmente composta de malfeitores, bêbados e desocupados, retaliaram à sua maneira, e à maneira popular perseguiram um único objetivo, o objetivo de todas as multidões em todos os tempos: *destruir*. Destruir tudo o que elas não podem gozar; tudo o que pode contribuir para o gozo de outrem.

O espírito, a flor mais bela e delicada do composto humano, era ainda mais suspeito, ainda mais detestado que a ciência do sábio. O que ele contém de ironia, de indiferença e de bom senso aguçado, maltrata e irrita as naturezas vulgares e prosaicas. Tal foi o motivo por que Mariel perseguia e matava indiscriminadamente os atletas de Cristo e os desgraçados judeus.

Mariel, o miserável Mariel, era o responsável pela CRAG do sudeste. Todo poderoso e bem relacionado com a elite governante, esse patife insolente decidiu confiscar, em benefício próprio, propriedades de fiéis devotos, colhidos em flagrante delito de superstição. Assim aconteceu com uma piedosa família cristã, que, clandestinamente, patrocinava a celebração de missas dominicais em sua residência. Efetuado o flagrante, Mariel se apossou das joias das mulheres, efetuou prisões e elaborou o laudo de confisco, ao mesmo tempo que expedia ordem de evacuação completa da casa confiscada. Todos os membros da casa, incluída a criadagem, se retiraram para se vestir mais convenientemente. Mariel ficou só com os seus esbirros. Quando esteve certo de que ninguém o observava, fitou com olhos cintilantes uma belíssima jovem que se trocava, despreocupada e sem se dar conta de que era espreitada através de uma fresta da porta que deixara semiaberta. O miserável levantou-se da cadeira, pousou a mão sobre o aparador, e notou-se que uma palidez extrema apoderava-se dele, que umedecia seus secos lábios com a língua, que a respiração era agitada e que as pernas lhe tremiam. Como um tigre faminto que nada vê a não ser a anelada presa, completamente alheia à calamidade que a ameaça e que a torna, por isso, mais apetitosa aos olhos do predador, Mariel não se conteve, arrebatado por uma incontrolável luxúria, precipitou-se no quarto e lançou-se sobre a jovem indefesa. Seus gritos não surtiram qualquer efeito diante da proteção que os comparsas de Mariel deram ao estuprador.

Transpirou na região a abominável conduta das autoridades locais. Até mesmo alguns membros da CRAG condenaram a atitude de Mariel, sem, contudo, incriminá-lo diretamente. Há atos, porém, tão infames que, muito embora relevados pelos homens, a natureza se encarrega de vingá-los.

Nos dias que se seguiram ao da infâmia de Mariel, choveu torrencialmente. Após o almoço no restaurante costumeiro, os quatro amigos buscaram refúgio numa marquise que deitava para a rua, em frente da qual uma choupana ameaçava ruir com o aguaceiro. Apiedaram-se da família que ali vivia, e dispuseram-se a ajudá-la de alguma forma.

— Boa tarde! — exclamou Valente, colocando o ouvido na porta — posso ajudar em algo?

— Moço, vá embora por favor. — respondeu uma voz feminina do interior da choupana.

— Tenho comigo algumas quentinhas. — retorquiu Valente.
Ninguém respondeu.

— Vou esperar cinco minutos. Quem sabe...
A porta se abriu lentamente, algum tempo depois.

— Olá! Penso que podem estar com fome. — disse Valente, ao mesmo tempo em que entregou à mulher duas quentinhas — Aqui não está nada seguro. Sua família poderia requerer ao governo a substituição da moradia.

— Foi o governo que nos jogou aqui. — replicou a mulher — Queiram entrar, por favor, vou contar-lhes o nosso drama, ainda que sua lembrança possa nos ocasionar tristeza e padecimento.

Todos se sentaram. O marido e os três filhos, desconsolados e abatidos, olhavam desconfiados para os visitantes. A indignação e a revolta davam à mulher uma contração tal na musculatura do rosto que não lhe permitia a formação de lágrimas. Interrompida aqui e ali pelo choro convulsivo da filha violentada, a mãe angustiada relatou os fatos nos seus mínimos detalhes. Ao término do relato, o abatimento foi geral. Mas a áscua em Malvino, provocada pela exasperação colérica, despertou nos outros companheiros o sentimento comum de revolta, associada ao clamor surdo da vingança. Era hora de intervir e de restabelecer a justiça, pensou Malvino.

— Quanto em valores roubou-lhes o celerado? — perguntou Malvino, erguendo-se da cadeira como quem já quer partir.

— Levou-nos tudo, joias, telas, móveis, tapeçarias, só nos deixou com a roupa do corpo. — respondeu a mulher.

— Peço-lhes apenas dois dias para resolver a situação. Dentro de quarenta horas entraremos em contato. — retornou Malvino, pouco antes de os quatro amigos deixarem a casa.

Naquela mesma noite, após o expediente, Mariel dirigiu-se para casa. Era tarde, e sua casa não distava muito da sede da CRAG; ia só, caminhava devagar, como pessoa a quem o dia tivesse corrido perfeitamente bem... O caminho estava deserto e silencioso. Ia já alem da metade do trajeto; sua casa estava próxima; de repente, sentiu uma pesada mão sobre o ombro... Mariel foi atirado ao chão por dois braços vigorosos. O joelho do agressor, pesando-lhe sobre o peito, obrigava-o à completa imobilidade; quis gritar, não pôde; tinha a boca tapada com um pano grosso e úmido... faltou-lhe a respiração... aterrorizou-o o medo...

CAPÍTULO 10

—

AS PANTERAS VINGADORAS ATACAM

—

    Levado para um casebre previamente escolhido por Malvino, Mariel se derretia de medo a ponto de molhar a calça. Malvino usava uma máscara horrenda, e vestia um capote grosso que o tornava ainda mais corpulento.

    — Quem és? — balbuciou Mariel com lábios trêmulos — O que tu vais fazer comigo? Não me mates, posso dar-te muito dinheiro. — implorou, se ajoelhando.

    — Vamos por partes. — replicou Malvino — Primeiro, quero apresentar-me: sou o chefe de uma organização intitulada *Panteras Vingadoras*, que identifica, persegue e executa bandidos, como tu, acusados de homicídios, roubos e estupros. Ninguém pode evadir-se da pena que impomos, uma vez intimado o transgressor de sua condenação, o que faço agora contigo. Tenho homens infiltrados em toda parte, homens dedicados, prontos a obedecerem-me ao menor sinal, a um simples olhar, e que nunca discutem ou procuram compreender as ordens que lhes dou. Se transgredires as normas da Organização e, sobretudo, esta intimação que te faço, te expões, desde já, ao castigo que cairá sobre ti, e que é, fica sabendo, a morte em qualquer parte em que te encontrares, sejam quais forem as precauções tomadas por ti, porque as *Panteras Vingadoras* são imensamente poderosas, tudo conhecem e em toda parte penetram, de modo que te será impossível escapar à sua vingança.

— Não, por favor, eu não quero morrer! — suplicou Mariel, ainda de joelhos — O que devo fazer para escapar à morte? Seja o que for, o farei,

— Lembra-te que já estás condenado. Apenas a imposição da pena está sujeita a uma condição resolutiva que eu te direi agora qual é ela. Deves restituir todos os bens, olha que eu digo todos os bens, à família que foi por ti roubada, humilhada, ultrajada há poucos dias. Tens quarenta e oito horas para satisfazer essa condição e te livrares de uma morte dolorosa e infamante.

Malvino imobilizou sua presa — a qual chorosa e súplice prometeu realizar integralmente a condição — e em dois tempos abandonou o casebre.

Mariel demorou-se duas horas fora de casa, desde a sua interceptação até a localização de seu paradeiro. Seus assessores, que iam todas as noites à sua residência receber instruções, encontraram a família de Mariel na maior agitação. Não se sabia dele. Resolveram então percorrer os arredores com luzes. Pesquisas inúteis, nada do chefe. Perceberam apenas sinais deixados deliberadamente por Malvino, que deveu tê-los efetuado ao longo de uns duzentos metros até o esconderijo de Mariel. Seguiram os sinais e repentinamente escutaram murmúrios abafados vindos de uma pequena choupana à margem da rua. Foram até ela, deitaram a porta com um chute, e viram uma forma humana atada a uma cadeira. Era um homem nu da cintura para cima, e com os braços e o peito inundados de suor. Uma corda prendia-lhe a cabeça à cadeira, servindo assim de mordaça; tinha as mãos ligadas nas costas, e os pés atados às pernas da cadeira. Esse homem era Mariel.

Cortaram imediatamente as cordas; mas o miserável fizera tais esforços para soltar-se, que a fadiga e o medo tinham produzido completa prostração. Levaram-no desacordado para casa. Todos os presentes ficaram estupefatos, e esperavam de Mariel uma pronta explicação do que viam. O celerado, porém, estava em tal estado de superexcitação, que nem podia articular distintamente uma frase; até que por fim, tornando a si, contou que havia sido abordado por quatro assaltantes perigosos, homens cruéis que só preferiram seus pertences à sua vida, em razão da coragem demonstrada pela vítima, que surpreendeu e paralisou a malignidade da quadrilha.

Não longe dali, a uns quinhentos metros apenas, os quatro amigos riam a valer com a história das *Panteras Vingadoras*. Afinal, comicidade à parte, o episódio deixou claro que os indivíduos mais covardes são, em regra, os mais despóticos quando lhes toca o poder.

CAPÍTULO 11

—

O HÚNGARO VOLTOU!

—

A antiga catedral dedicada à Virgem amanheceu em festa. Transformada em espaço de eventos, a velha igreja abria suas portas para um ciclo de palestras comemorativas dos quatro anos da implantação do esperanto como língua oficial do país. Uma grande multidão acorreu ao local, onde diversos segmentos sociais se fizeram presentes para homenagear seu patrocinador e benfeitor, cuja presença era ansiosamente esperada para abrir os trabalhos.

O espaço interno estava racionalmente determinado segundo as preferências e o *status* do público presente. Nas primeiras filas, sentaram-se os ex-congressistas, antigos deputados e senadores, que buscavam atrair para si a atenção do todo poderoso homenageado, de modo a persuadi-lo de sua fluência no esperanto, língua exigida para a contratação de grandes negócios e negociatas. Logo atrás, três fileiras de cadeiras foram ocupadas por abortistas, que agitavam incessantemente suas bandeirinhas. O mais entusiasmado era o movimento LGBT; ocupava as três fileiras do meio, portava trajes e bandeiras típicas e pronunciava palavras de ordem em reconhecimento e gratidão ao ex-papa Francisco. Por fim, dois grupos ocupavam o fundo do salão, bem perto da entrada. Do lado direito, o movimento se autodenominava de "Contra a família. Poligamia já", seus membros vestiam camisetas com o logo de uma emissora de TV, que sempre lhes deu cobertura e acolhimento. Do lado esquerdo, havia um grupo mais tímido e reservado, mas que, ao longo dos trabalhos, foi adquirindo gradativamente força e prestígio, a ponto de ser saudado efusivamente pelo insigne homenageado. Esse grupo intitulava-se "Pedofilia também é amor"; era composto de indivíduos bem trajados, que distribuíam panfletos contendo explicações de suas ideias e propósitos.

Com o atraso prolongado da atração principal, arrefeceu-se o calor do entusiasmo geral, e picuinhas, provocadas pela monotonia, começaram a surgir entre os grupos. Um abortista investiu contra um ex-deputado que, engalfinhado com um travesti, desafiava todo mundo "pra porrada".

— Eu sou muito macho! Sozinho eu quebro a cara de infanticidas e baitolas! — o ex-deputado trazia o hábito parlamentar para o âmbito daquela solenidade.

Os quatro amigos acabavam de sentar-se, e presenciavam com espanto aquela cena. Belarmino murmurou:

— Esse tipo de gente é que fazia as leis e se arrogava privilégios absurdos ao preço da pobreza absoluta do povo.

— Eu vi várias vezes — retornou Valente com voz baixa — parlamentares se enfurecerem de um modo lastimável e comprometedor não só para o nome da casa legislativa, senão também para a estima do país diante da opinião pública internacional. E o pior não é que a generalidade dos brasileiros seja assim tão impulsiva. O pior é que, politicamente, o Brasil dava ao mundo um espetáculo de bufonaria, de homens nanicos e irritadiços que levavam a vida gesticulando, soltando alaridos e esmurrando o vazio. Todas as suas intervenções, todos os seus pronunciamentos e suas arengas eram uma coisa ridícula. Um parlamento sério e respeitável não arma esses escândalos inúteis, nos quais se gasta muita energia e se perde a força moral.

— Todo mundo sabia que os congressistas eram no fundo uns pobres diabos e que sua cólera era a cólera da impotência, da falta de força e de energia, que era toda dissipada com a busca desenfreada de vantagens pessoais. — acrescentou Belarmino.

Apenas serenados os ânimos, um momento de silêncio antecedeu a manifestação do ponto culminante do evento. Todas as atenções se concentravam agora sobre o homem pequeno e bem-vestido, gênio vivo e de voz estridente, que assomou à tribuna.

— Senhoras e senhores — disse ele, emocionado — Tenho a elevada honra de lhes apresentar o festejado mestre e ilustre homenageado deste congresso.

Ao ouvir o nome do conspícuo visitante, o público presente extravasou seu contentamento com berros incontroláveis, choros convulsivos e gargalhadas medonhas, tanto era o prestígio do convidado junto aos segmentos sociais ali representados. Alguns indivíduos, levados de arroubos delirantes, arranhavam o próprio rosto; outros, igualmente arrebatados, rasgavam-se as roupas do corpo; os adeptos da poligamia e da supressão da família chamavam carinhosamente o homenageado de "nosso querido papá", e os membros do grupo LGBT proclamavam que a sua projeção social era atribuída às passeatas patrocinadas pelo ilustre mecenas.

Sob intenso aplauso e ruidosas manifestações de descontrole emocional, testemunhadas por uma multidão passiva e inteiramente submissa ao poder carismático de um ídolo, o homenageado chegou à tribuna, acompanhado de seus seguranças, seis grandalhões integrantes do Antifas. Suas primeiras palavras foram: "Uma só pátria, uma só língua, uma só religião, uma só humanidade!".

Isso foi o bastante para que Malvino o reconhecesse. Indignou-se pelo opróbrio que pesava sobre o país e pelas consequências que devia ter o repúdio de nossas tradições culturais. Quis levantar-se, mas Valente o conteve.

— Esse é o Húngaro infame, que conspira contra nossa independência e nossa liberdade! — exclamou ele, consternado.

— Acalma-te Malvino. — murmurou Valente — Ou queres que saiamos daqui algemados?

Enquanto Malvino se inflamava de indignação, o Húngaro discorria sobre a beleza e a utilidade do esperanto.

— Há anos que eu me dedico a divulgar o esperanto. Faço-o, porque, muito mais que o cristianismo, essa língua opera transformações sociais sem paralelo com qualquer teoria filosófica do sistema político. Sabemos hoje que a realidade não determina a linguagem. Muito ao contrário, aquela é determinada por esta. As palavras "abrem o mundo", dão sentido às coisas e conferem significado às formas de vida, em ordem ao progressivo aperfeiçoamento das relações sociais. Se todas as línguas desempenham idêntico papel, nem todas, porém, o fazem com o mesmo grau de eficiência e funcionalidade. O português, por exemplo, é aristocrático e preconceituoso. Seus pronomes, adjetivos e advérbios estão a serviço da supremacia do indivíduo adulto masculino, assim como dos interesses econômicos das classes privilegiadas. Coisa diversa acontece com o esperanto, que é um idioma destinado a expressar ideias rudimentares e sentimentos elementares; é, grosso modo, uma língua desidratada, sem variações, diferenciações, nem matizes, destinada principalmente a reduzir a comunicação linguística e a simplificar as relações humanas. Dir-se-á que este vocabulário, chamemo-lo assim, é insuficiente para expressar as necessidades complexas do homem moderno. Ora, quem poderá negar que, longe de ser o idioma o efeito dessas necessidades, estas sejam justamente a consequência de um vocabulário promíscuo e arrevesado?

O que eu quero deixar claro é que a complexidade das necessidades do homem decorre indisputavelmente da ambiguidade da linguagem moderna, e não o contrário. Um selvagem não tem as multiformes exigências do indivíduo civilizado, nem tampouco seus dramas e percalços, porque seu vocabulário é simples e terrivelmente lógico. A bem da verdade, as reais necessidades humanas não são mais que duas: a conservação e a procriação, de modo que, para atendê-las, é suficiente um idioma simples e natural.

— A desidratação da linguagem, pela supressão de várias categorias gramaticais, não dará margem à criação de um mercado negro de verbos, de substantivos e, sobretudo, de adjetivos, que são os que mais escasseiam na língua universal? — perguntou um dos participantes.

— Isso não ocorrerá, basicamente por dois motivos principais. O primeiro porque os indivíduos que intentam inflacionar o esperanto são, em regra, os que rejeitam a igualdade absoluta dos homens. Estes, porém, a médio prazo serão suprimidos. O segundo motivo que evitará o inchamento de linguagem universal será a sua elasticidade, ou seja, o recurso à linguagem natural das crianças e dos animais. Assim, todas as vezes que a língua universal for insuficiente para expressar um pensamento, o falante deverá fazer-se entender por meio de gestos, grunhidos, bocejos, latidos, rosnados, ganidos etc., a demonstrar que em nenhuma hipótese será permitido o neologismo por sua absoluta desnecessidade. Aliás, esse é o grande anseio do ecologismo, preconizado pelo Pontífice da Única Igreja, que prega a inserção da cultura ocidental na exuberante e variegada morfologia do reino animal.

Abracemos, portanto, com toda a força de nosso coração, essa língua universal, instalemo-nos em cavernas, cubramo-nos de peles, e então virá o dia em que, implantado e consolidado o comunismo global, poderemos regozijar-nos por haver simplificado realmente a nossa vida, e suprimido as diferenças que fazem os homens desiguais.

Os aplausos ecoaram em todo o recinto, acompanhados de manifestações de adesão irrestrita ao palestrante.

Malvino e seus companheiros não esperaram a conclusão do evento, saíram à francesa e se dirigiram para o local costumeiro. O restaurante estava vazio e os garçons ociosos. Os quatro sentaram-se numa mesa contígua à escada de acesso e puseram-se a falar sobre o pronunciamento do Húngaro. Sobre a pretensa igualdade dos homens, disse Malvino:

— Em torno de uma mesa, sentam-se um branco, um negro, um albino, um esquimó, um indígena e um chinês. Faz muito calor. Cada um tem diante de si um copo de cerveja. Uma abelha cai no copo do branco. Outra cai no copo do negro. Outra abelha cai no copo do albino. Outra abelha cai no copo do esquimó. Outra cai no copo do indígena e outra abelha cai no copo do chinês. O branco vai beber e se dá conta da abelha; pega seu copo, entorna a cerveja e pede outra ao garçom. O negro olha a abelha, faz um gesto de repulsa e se retira. O albino, ao ver a abelha no copo, põe-se irado; jura, prageja, mas não faz nada. O esquimó remove a abelha do copo e bebe a cerveja tranquilamente. O indígena bebe a cerveja e a abelha. Por último, o chinês retira a abelha com os dedos, contempla-a por alguns instantes e a come. Depois, bebe toda a cerveja do copo.

Malvino falava e gesticulava, imitando a indignação do albino e a voracidade do chinês. Belarmino morria de rir. Ao final, todos aplaudiram.

— Vejam vocês — disse Malvino com um ar risonho — como o sonho dos esperantistas é uma quimera. Ainda que todos os homens tenham um idioma comum, as abelhas nos inspirarão sempre sentimentos distintos.

CAPÍTULO 12

UMA PROPOSTA DECENTE

"Há um ano e meio que o comunismo foi implantado no país, e ainda pouco se sabe sobre as consequências que esse regime pode ter nos hábitos e na mentalidade do povo brasileiro."

Essa reflexão, a fez um capitão reformado, a cujas palestras assistiam clandestinamente homens comprometidos com o futuro da pátria e a liberdade individual. As reuniões secretas eram realizadas em local ermo, numa rua sem saída, onde um velho casarão lindava com um morro alto e inacessível. Nos dias de trabalhos, a porta e as janelas do casarão permaneciam fechadas, para que o movimento interno, nessas ocasiões, não atraísse a suspeita dos espiões da polícia.

Os convidados chegavam aos poucos e com hora marcada a fim de evitar aglomeração defronte ao portão, onde era pedida uma senha para o acesso à casa. Os quatro companheiros chegaram cedo; o recinto ainda estava vazio. Pouco a pouco chegaram alguns participantes, todos homens. Era já a hora fixada para o começo da reunião e, mais ou menos, estariam presentes umas trinta pessoas espalhadas pela sala.

Espaçada e muito lentamente chegaram outros melancólicos convidados, e, por fim, com uma hora de atraso deu-se início à confabulação.

Em meio àquela gente heterogênea e sedenta por mensagens de esperança, sentou-se um homem alto, robusto, bem barbeado, com um olhar penetrante e firme, a revelar uma personalidade forte e um temperamento inabalável. Disse ser militar de profissão e um estudioso apaixonado pelas ciências da mente humana. Afligia-o o modo pelo qual o socialismo, no decurso de setenta anos, tinha alterado a mentalidade do brasileiro e envilecido seus hábitos, a ponto de fazê-lo desprezar gradativamente as virtudes morais à medida em que crescia em abjeção.

— Como reagirá ele agora, — indagou — quando o comunismo solapa suas esperanças e oblitera as qualidades eminentes que o cristianismo plantou no coração de cada criatura humana? Até ontem, na vigência da Constituição de 1988, o socialismo limitou-se a extorquir-lhe o produto do seu trabalho, doravante o comunismo, sem prejuízo dessa extorsão, forceja por reprimir sua expansão espiritual, aprisionando-o com os grilhões do materialismo. Até a véspera da instauração da nova ordem mundial, os políticos profissionais se preocupavam apenas em acumular riqueza, deixando o resto ao sabor dos interesses momentâneos das forças sociais; a partir de agora, os que mandam querem escravos, ou seja, entes vivos dotados de sensibilidade, mas privados de vontade e de inteligência, conquanto submissos ao adestramento e à domesticação.

É triste admitir, mas os brasileiros se tornaram avaros, indolentes e cruéis. Seu ideal de vida, a exemplo da elite socialista governante, é auferir vantagem econômica sob as formas mais criativas e variadas; todas, porém, imorais e fraudulentas.

Estive em um armazém, na periferia da cidade, que é abastecido de uma insólita mercadoria, destinada a satisfazer finalidades diversas. Esse armazém tem as proporções de um campo de futebol, dividido em galerias e corredores, por onde transitam os compradores e estão estrategicamente expostas as mercadorias. Amontoadas no chão, sentadas em banquinhos ou deitadas em miseráveis esteiras, vi, com estes olhos, centenas de crianças de várias idades, entre os cinco e dez anos, imóveis, tristes e silenciosas, como se fossem bezerros e não criaturas humanas. Todas tinham os olhos esbugalhados e o semblante agitado, como que pressentindo o fim que as aguardava. Daquelas estreitas galerias, repletas de vidas infantis, saía um odor acérrimo de suor e excremento. Sim, foi precisamente o que vocês ouviram. Aquelas crianças estavam à venda.

Aquele pequeno auditório encheu-se de espanto e indignação ao ouvir os pormenores do horrendo drama, cuja história era mais do que suficiente para contristar e horrorizar o mais gélido dos mortais. O orador continuou, conservando um excepcional autocontrole:

— Certamente, vocês se perguntam para quê aquela gente compra as crianças. Quando me fiz esta pergunta, fui em busca de respostas junto a um empresário do ramo. Ele me respondeu que o objeto comercial explorado por sua empresa é lícito e até estimulado pelo governo. Não é predatório e obedece aos limites previstos em lei. Quanto aos objetivos dos compradores, o empresário respondeu que eram diversos. Há casais que não têm filhos e desejam adotar um. Os mendigos, por sua vez, investem o produto das esmolas que recebem na aquisição de uma criança esquálida e enfermiça para suscitar a piedade pública. Há também os grandes investidores, generosos no pagamento, que se servem de crianças para seus sortilégios de magia negra e para sacrifícios a divindades infernais. Por último, mas não mais raros, existem os pedófilos que utilizam as crianças para satisfazer suas inomináveis perversões.

— Quanta maldade e sanha persecutória o ateísmo tem espalhado no curso da história! — interrompeu algum dos presentes. — E o pior é que sempre se dão bem e saem como bons moços.

— Não exatamente. — retrucou o orador. — Deus tem demonstrado, através dos séculos, que a sua paciência tem limite. Não escapou a percucientes historiadores o fato de que a generalidade dos malvados, que infringem os mandamentos divinos, tem invariavelmente um fim trágico. Lactâncio, já na antiguidade, abordou o tema na sua imortal obra *O Fim dos Perseguidores*, onde o autor demonstra a verdade histórica, confirmada por estudiosos modernos, de que os inimigos do cristianismo são castigados quase sempre com um desenlace funesto. Em que pese o parecer dos racionalistas modernos de que tudo não passa de mera hipótese, fato é que a maldição que envolve essas mortes é tão manifesta e constante que, negá-la, seria uma desbragada temeridade. Vou limitar-me a enunciar alguns casos ocorridos nos dois séculos passados, relativamente aos mais destacados inimigos da religião, sobretudo do cristianismo.

O obsceno e ateu escritor francês Marquês de Sade, que escreveu o *Diálogo entre um padre e um moribundo*, morreu louco no ano de 1814.

A necessidade do ateísmo foi escrita pelo poeta inglês Percy Shelley, que morreu afogado no mar Tirreno, em 1822, com apenas trinta anos.

O célebre Hegel, que suprimiu Deus com a sua doutrina imanentista, morreu em 1831 vitimado pela cólera, com pouco mais de cinquenta anos.

O crítico russo Belinski, notabilizado por seu ódio ao cristianismo, morreu tuberculoso aos trinta e oito anos de idade.

Augusto Comte, negador sistemático das religiões reveladas, morreu louco aos cinquenta e nove anos.

Isidoro Ducasse, autor de uma das mais demenciais obras escritas contra o Criador, *Chants de Maldoror*, morreu miseravelmente, talvez assassinado, aos trinta anos.

O célebre filósofo alemão Friedrich Nietzsche, autor do *Anticristo*, morreu louco em 1900.

Émile Zola, novelista francês, que alardeava um materialismo vulgar em suas obras, notadamente em *Lourdes*, morreu asfixiado, enquanto dormia, em 1902.

Roberto Ardigó, sacerdote apóstata, que abriu mão da doutrina do Cristo, para dedicar-se ao positivismo, suicidou-se em 1920.

Lenin, ateu e genocida, contraiu paralisia progressiva em 1920 e morreu demente em 1924. Seu confrade Trotsky, também acérrimo inimigo dos cristãos, morreu assassinado com golpes de picareta no México em 1940.

Adolf Hitler, genocida e entusiasta do paganismo, terminou seus dias pelo suicídio, em 1945. Alfred Rosemberg, seu íntimo e fiel colaborador, promotor de ideias racistas e anticristãs, morreu enforcado em Nuremberg, em 1946.

Gilles Deleuze, marxista e anticristão, precipitou-se da janela do hospital em que estava internado, vindo a falecer em 1995.

Muitos nomes mais de ateus e perseguidores do Cristo, colhidos por um fim trágico, poderiam acrescentar esta lista, sem, contudo, a esgotar. Consulte-se a tese de Lactâncio e se a compare com os numerosos exemplos de indivíduos que tentaram, debalde, sustar a marcha do cristianismo, e ver-se-á que essa doutrina se vinga impiedosamente de quem a desdenha ou a ultraja.

A vingança a Deus pertence; mas ele frequentemente a exerce pelas mãos dos homens. Por isso estamos aqui. Cumpre-nos, agora, ou defender a honra divina, combatendo os adversários da Igreja, ou então morrer pela mesma causa, a fim de que nosso exemplo suscite novos opositores das milícias infernais.

Ao ouvirem essas palavras, todos os visitantes foram tomados de espanto, que paralisou-os por alguns momentos.

— Que queres dizer? — perguntou, por fim, Malvino.

— Nada do que vocês não possam honestamente fazer. A causa da nossa fé exige o concurso de homens leais e dedicados, prontos a obedecer ao menor sinal, a um simples olhar, e que, mesmo diante da morte, jamais discutam uma ordem dada. Devo acrescentar que nunca lhes será pedido qualquer coisa contrária à sua honra e à nossa fé. Reflitam, pois, na minha proposta. Dou-lhes dez minutos para se decidirem; no fim dos quais, no caso de recusa, partirei. Previno-os de que esta conversa deve ficar absolutamente secreta.

— Quem és, qual o teu nome, por conta de quem tu nos falas? — replicou Malvino.

— Até que seja aceita a minha proposta, não digo o meu nome. Direi apenas que represento uma organização, heterogênea na sua composição, destinada a defender a fé, a família e a propriedade contra os atentados socialistas da Nova Ordem Mundial. Combatemos em nome de Maria, escudados na passagem do Livro do Gênesis, que diz:

> O Senhor Deus disse à serpente... 'porei hostilidade entre ti e a mulher, entre a tua descendência e a descendência dela. Esta te atingirá a cabeça e tu lhe atingirás o calcanhar.'

Vamos, então! Deixemos os detalhes para depois e tratem, por favor, de refletir no que há pouco lhes disse.

Tirou do bolso um livrinho, reclinou o espaldar da poltrona e pôs-se a ler, em atitude de quem, nem por um simples olhar, quisesse prejudicar as reflexões do grupo ali reunido.

No cérebro dos participantes, as ideias atropelavam-se, turbilhonando em completa confusão. Uma espécie de terror os constrangia, diante desse homem enigmático cuja estranha sedução a todos cativava e que, agora, acabava de lhes propor um tão misterioso ajuste.

— Há muito que passaram os dez minutos, meus caros! — exclamou calmamente o proponente.

Uma imensa ansiedade constrangeu os corações dos homens. Num relance, afligiu-os uma última vez a seguinte alternativa. Ou a ruína da família, a agrura dos homens de bem, a desonra lançada sobre o país... ou o abandono de parte de sua liberdade nas mãos desse homem de modos esquisitos que, em troca, lhes oferecia a perspectiva da vitória sobre o inimigo comum e a possibilidade de um mundo melhor, ou seja, não materialista.

A grande maioria dos presentes, à exceção de apenas cinco participantes, acedeu aos termos da proposta do conferencista. Este, tirando da pasta uma folha de papel, pô-la sobre a mesa para que todos a lessem e assinassem. Um deles a leu em voz alta:

> Juro, assumindo as consequências de eventual retratação, pertencer daqui por diante à *Ordem dos Cavaleiros da Rainha*, obedecendo fielmente as ordens dos meus superiores e guardando segredo mais completo do que se passa no interior da Ordem, a quebra do qual, por dolo ou culpa, sujeitar-me-á ao castigo previsto nos Estatutos da Ordem, sem prejuízo de outras sanções paralelas, tendentes a reforçar o esforço comum dirigido ao atingimento da finalidade social desta congregação Mariana, que é a luta contra o Falso Profeta e todos os demais fiéis, acólitos e colaboradores da Igreja Ecumênica.

— Quem é esse Falso Projeta? — perguntou um dos participantes.

— Vocês saberão a seu tempo. Basta, por agora, que vocês tenham em mente que lutamos contra o mal.

— E... é necessário que assinemos isto? — indagou Fabrício.

— Sim, e depressa, porque se vai fazendo tarde, e nos expomos assim à suspeita da polícia.

Todos os aderentes à proposta do orador assinaram. Este despediu-se, deixando claro que as reuniões realizar-se-iam semanalmente e naquele mesmo lugar.

— Chamo-me Cirino. Na próxima reunião, a se realizar na outra quinta-feira, terei imensa satisfação em tirar todas as suas dúvidas, na mesma ocasião em que lhes será exigido seus contatos. Muito obrigado e até lá.

E retirou-se. Malvino e seus companheiros começaram a matutar acerca de quem seria o Falso Profeta, o seu mais novo inimigo. Será um ministro do Tribunal Soberano? Ou seria, apenas, um rabino, um maometano ou um pastor protestante? Essas dúvidas levaram-nos à casa, onde poderiam pesá-las melhor.

CAPÍTULO 13

—

O FUROR ESTUDANTIL

—

Eram horas do ajuntamento cívico. O momento designado pelo governo central para informar a população sobre algum acontecimento ou medida a ser tomada no âmbito de uma determinada região. Constava que os cristãos e os judeus resistiam bravamente à ordem de se deixarem marcar as mãos com a insígnia oficial. Havia a preocupação dos órgãos públicos de que a resistência se generalizasse a ponto de pôr em risco o plano mundial de controle populacional. Os prédios e as casas estavam cheios de espectadores, desde o portão até os telhados. E no meio daquele mar de gente, se elevava um telão, que reproduziria o pronunciamento do agente ministerial responsável pela ordem e segurança públicas, do qual se esperava uma providência de impacto contra os rebeldes amotinados em casas abandonadas, em antigas igrejas, em terrenos baldios e nas praças públicas.

A multidão exultava, com zombarias blasfemas, diante da agonia de uma civilização que florescera por mais de dois mil anos, cujos elementos mais representativos expunham-se agora à perseguição sistemática e à irrisão generalizada de ateus depravados. E semelhantes cenas, prólogos de outras ainda mais repugnantes, renovavam-se todos os dias, havia já dois anos.

Tratava-se ali da convocação de todos os jovens. Voltaram-se todos respeitosamente para o telão.

— Meus prezados jovens, — começou o homem, quando viu concentrada a atenção geral — é permanentemente ultrajado aqui o nome do nosso adorado Líder, o homem que limpou o solo terrestre da erva daninha dos cristãos, desses traidores que tentam restabelecer a vigência da superstição nas mentes desprevenidas. Jovens! É em nome de seu futuro que eu lhes falo. Os brados de vingança, proferidos pela nossa justa indignação, devem movê-los à luta, à infatigável luta contra o nosso inimigo comum. Cheguei a esta cidade há dois dias, apenas. Vim de Londres encarregado de examinar o espírito que reina aqui, e julgo-me feliz por poder afirmar que, se há ainda nesta cidade grande número desses párias cristãos, os jovens globalistas são milhares e estão à altura da missão que o governo mundial lhes confiou. Devo alertá-los que a missão da qual vou encarregá-los, em nome do Ministério da Ordem e Segurança Públicas, é grave e irreversível. O atentado dos cristãos, tantas vezes reprisados, contra a Nova Ordem Mundial, não é um fato simples. É uma vasta conspiração urdida contra a ordem jurídica global.

A essas palavras, sucedeu uma trovoada de aplausos e exclamações de regozijo.

— Jovens! — tornou o orador — os bons cidadãos correm o risco de se corromper, contagiados pela superstição cristã. Meus caros jovens! Moços valentes! Tenho seguido o caminho tortuoso dessa infame intriga, tenho na minha mão todos os fios dessa trama secreta e criminosa, conheço o homem que a encabeça e dirige, e vou dizer-lhes quem ele é!

O orador calou-se para ver o efeito que suas palavras produziram. O efeito foi como ele esperava. As denúncias de conspiração eram então o mais disputado ofício para se galgar os elevados postos da administração pública. Seu discurso vinha despertar o apetite sanguinário daqueles homens, apetite que algumas vezes se abrandava, mas que nunca se extinguia. Durante alguns minutos só se ouviram gritos e blasfêmias.

— Fala! Dize quem é! — gritava a multidão.

— À morte!

— Morra! Morra!

— Antes de lhes falar o nome do chefe da quadrilha de fanáticos, é tempo de lhes dizer quem sou; é tempo de lhes provar que devem depositar em mim a mais absoluta confiança. Sou o secretário e amigo íntimo do *Avatar*, o nosso pontífice da Igreja Ecumênica. De Sua Santidade, trago uma missão para os jovens deste país.

E o orador tirou um envelope do bolso do paletó, abriu-o, e começou a ler a mensagem pontifical, que exortava os jovens, em nome da Pachamamma, a perseguir os cristãos, particularmente a organização criminosa denominada de Cavaleiros da Rainha, chefiada por um tal de Cirino de Aragão. A leitura resultou numa súbita consideração, que cingiu com refulgente auréola o enviado do pontífice, não obstante a ignorância generalizada quanto à missão daquele personagem, que se apresentava com tão altas recomendações.

— Fico aqui com vocês — prosseguiu o emissário pontifício — até que a seita perniciosa seja desbaratada, e preso seu líder, Cirino, a quem, eu os conjuro, seu juvenil atrevimento e heroica galhardia devem rastrear a pista em toda parte onde a mais leve suspeita indique ali a sua presença.

A euforia era imensa naquela massa desarvorada de jovens, na sua absoluta maioria, seduzidos por uma doutrina recepcionada por eles acriticamente, a demonstrar a que ponto chega a influência nefasta de maus mestres e o ensinamento malsão da mídia controlada pelo Húngaro infame. A tudo isso, assistiam pela TV Malvino e seus leais companheiros. Perplexos com a mobilização frenética de tanta gente inexperiente, fraudulentamente mobilizada para dar caça aos cristãos, sua perplexidade se tornou indignação quando ouviram — Oh! Abominação! — os nomes de Cirino e de sua congregação. Fabrício, exasperado, disse:

— Socos, pontapés, xingamentos, tiros, difamações... Com esses elementos principais constitui-se a moral desse animal bípede, grosseiro e enfezado, denominado comunista. Se o leão não fosse grande e forte, se não tivesse o estômago insaciável, os dentes afiados e garras poderosas, tampouco teria uma moral de extermínio. O animal comunista é ágil, traiçoeiro, enérgico, forte, impiedoso, e tem a mesma moral das feras que são assim. Nada mais característico desse desequilíbrio comportamental que as botas de Stalin sobre a mesa de conferência. É a atitude de quem não respeita os limites morais que ele, comunista, exige dos que não são seus confrades. Nos países comunistas, o indivíduo não faz mais que acumular energia para empregá-la fora de seu país. Aí não há baderna, não há alegria, não há prazer. As mulheres são feias e não usam perfumes. As comidas não têm tempero. Os bares e as boites fecham antes da meia-noite. Aos vinte anos, o comunista deixa sua pátria cheio de ímpeto e se alguma coisa alheia o encanta e apetece, sem cerimônia a toma e guarda para si. Daí a especial importância que a elite comunista atribui aos jovens. Vejam a efusiva resposta que estes deram agora ao insidioso apelo do emissário pontifício.

— De fato, — interrompeu Valente — os jovens sempre foram presas fáceis nas mãos de demagogos, que já na antiguidade os utilizavam como massa de manobra contra a aristocracia helênica. Poucas vezes, um ou outro se dá conta da armadilha preparada contra a sua liberdade. Mas são a absoluta minoria. O grosso dos jovens se deixa embalar por cantilenas ideológicas, invariavelmente de esquerda, e cedo aprendem a soletrar as enormidades do *Manifesto Comunista*, que reproduzem de cor, auxiliados por mestres esquerdopatas.

Xenofonte se queixava do mesmo mal, que antevia como prenúncio do desastre da Grécia e da perda de sua independência. Os sofistas, agitadores e demagogos de então, fascinavam os jovens, que os seguiam cegamente nos seus loucos empreendimentos. Não é difícil citar de memória algumas passagens do *Tratado da Caça*, relativas ao tema do servilismo juvenil.

> Surpreende-me que a maioria dos chamados 'sofistas' afirmem que conduzem os jovens à virtude, ainda que os levem para o lado oposto a ela. Efetivamente, jamais vimos alguém, a quem os sofistas tenham feito virtuoso; não publicam escritos que movam ao bem, muito embora tenham publicado muitos livros sobre temas fúteis, com os quais os jovens se familiarizam com prazeres supérfluos, mas nos quais, é claro, não depararão jamais com a virtude. Aos que tinham esperanças de aprender algo com eles, proporcionam-lhes um vão passatempo e, por sua vez, desviam-nos das coisas úteis e ensinam-lhes as más... Censuro-os, pois, os seus graves erros e seus escritos; reprovo que andam rebuscando frases ambíguas e se distanciem de máximas corretas, com as quais se educam os jovens na virtude... Sei que o mais importante é que se ensine o bem segundo a sua natureza, mas que se o faça por alguém virtuoso, não por quem possui plenamente a arte do engano... Realmente palavras não podem educar, mas sim máximas,

> sempre que sejam boas. Muitos outros ainda reprovam os sofistas atuais — e não os filósofos — porque são engenhosos em palavras, e não em ideias... Os sofistas falam para enganar e escrevem para auferir vantagem pessoal; não ajudam ninguém em nada, nem almejam sabedoria, senão que contentam-se com serem chamados de sofistas, para escândalo das pessoas sensatas. Recomendo, pois, guardar-se dos preceitos dos sofistas e não desprezar as recomendações dos filósofos, porque os sofistas andam à caça dos ricos e dos jovens, e os filósofos, ao contrário, compartilham sua amizade com todos os homens e nem cobiçam nem desprezam sua riqueza.

— Exato! — disse Fabrício — Os jovens, em geral, são movidos por dois impulsos aparentemente independentes entre si: o *rock and roll*, patrocinado por seus gurus musicais, e o comunismo, apregoado pelos professores do grau médio e universitário. Não obstante a independência entre eles, esses dois impulsos visam ao mesmo fim, irremediavelmente bárbaro e anticristão: embrutecer o jovem e empregá-lo como aríete para aluir os muros da civilização ocidental. Esse objetivo diabólico está confiado à sofística moderna, uma monstruosidade intelectual que aparece pela segunda vez na história do espírito humano. Com efeito, tanto no mundo dos espíritos quanto no mundo dos corpos há monstros. Há espíritos deformados nas suas proporções essenciais, regressivos nas suas formas fundamentais, os quais não se relacionam com o tipo normal do espírito humano, senão através de relações análogas àquelas que, em fisiologia, ligam o monstro ao tipo. Sem qualquer declamação ou exagero, sem a menor ironia, falando cientificamente, pode-se afirmar que, atualmente, há entre nós um movimento sofístico, que é na ordem intelectual uma monstruosidade propriamente dita. E esse estado mental corresponde, tanto hoje quanto na Antiguidade, à forma característica de um erro lógico capital: a abolição do primeiro axioma da razão, sem o qual não se pode nem pensar, nem falar, nem julgar, a saber: que não se pode afirmar e negar de algo, ao mesmo tempo, alguma coisa, no mesmo sentido e sob o mesmo aspecto.

— Decerto, os sofistas gregos produziram um monstro pavoroso, de cujas garras mortais não pôde escapar jamais a cultura helênica — acrescentou Valente, que disse ainda: — Sabe-se que eles sustentavam, ao mesmo tempo, sobre toda e qualquer questão, o *pró* e o *contra*, e mantinham, como inabalável, a asserção contraditória de que o ser e o nada são a mesma coisa. De forma que, privados do sentido lógico e do sentido moral, em vez de procurar a síntese das verdades, eles empreenderam a impossível e horrenda mistura do erro e da verdade, que precedeu e tornou possível a confusão entre o bem e o mal.

— "A contradição lógica deixou de ser um signo do falso, para se tornar um elemento da verdade". De frases como esta procede o sucesso dos sofistas modernos junto à massa ignara, que as vê como indício de erudição e superioridade espiritual — disse Fabrício. — As coisas, na sua maravilhosa diversidade fenomênica, e os juízos que delas fazemos, são redutíveis a um princípio unificador consubstancial à razão, dizem os sofistas. A razão, portanto, é essencialmente uma força que busca incessantemente a unidade. Santo Agostinho já havia dito isto. Mas como a razão procura a unidade? Ela a procura de duas maneiras. Intenta ela conduzir à unidade da substância a multidão dos fenômenos, ou ainda, à unidade de lei causal a multiplicidade dos fatos. A razão busca, no primeiro caso, a unidade que é *identidade*, e, no segundo caso, a unidade que é *harmonia*. É por isso que se diz que a razão tem pés e asas, movendo-se ora pela via da identidade, para ir dos fenômenos à substância, ora pela via da transcendência, para ir do efeito à causa. Os sofistas mutilam a razão, cortando-lhe as asas. Eles não veem que a razão dispõe de dois caminhos para chegar à unidade, e, loucamente, suprimem o segundo e mais importante.

— Explica-te melhor, — interrompeu Belarmino — não alcancei o sentido dessa fraseologia metafísica.

Recostando-se no espaldar da cadeira e elevando ligeiramente a vista, Fabrício respondeu:

— No início, as trevas do *nada* cobriam soberanamente a imensidão dos espaços vazios. Mas o *nada*, em algum momento, se fez *ser*, não em virtude de uma causalidade transcendente criadora, mas em razão de uma *tendência imanente ao progresso* que impele todas as coisas, com o concurso do tempo, a sucessivas transformações, segundo o esquema *tese, antítese* e *síntese*.

Vejam vocês em ação, metafisicamente desenhada a doutrina da identidade, essa doutrina sofística que, em lógica, nega o princípio de contradição, e em metafísica, o princípio da causalidade; que, negando o princípio de contradição, admite por consequência, a identidade das diferenças, dos incomensuráveis, dos contrários, dos contraditórios, do verdadeiro e do falso, do bem e do mal. Negando, por outro lado, o princípio de causalidade, o sofista moderno concebe o desenvolvimento e o progresso do mundo como uma sucessão contínua de feitos sem causa; crê que um germe, independentemente de qualquer ação externa, pode se expandir por si mesmo e se desenvolver; que o *menos* pode se tornar *mais* e o *imperfeito*, *perfeito*, em razão de uma virtude imanente, pela qual as coisas se fazem a si próprias, todas se transformando e se metamorseando em tudo.

Mal Fabrício acabou de falar, a horda turbulenta de estudantes irrompeu no início da rua, a uns trezentos metros da entrada da antiga loja de Rodolfo, onde os quatro amigos, receosos de um ataque, procuraram abrigo no cômodo subterrâneo, velho refúgio que o antigo dono equipara a fim de enfrentar situações extremas.

CAPÍTULO 14

—

MEA CULPA

—

No dia seguinte, após terem abandonado o refúgio subterrâneo, os quatro companheiros verificaram que, não obstante a invasão noturna dos jovens, não ocorrera nenhum furto, nenhum excesso que importasse em graves prejuízos materiais.

— Ufa! Que sufoco! — disse Belarmino, desabando numa poltrona.

— Não penses que o sufoco acabou; — retrucou Malvino — ele apenas começa.

— Como assim! — retorquiu Belarmino, espantado. — Eu tinha em mente passar o dia no restaurante, comendo e bebendo.

— Esqueces-te que hoje é quinta-feira, o dia da nossa reunião com Cirino? — disse Malvino, olhando fixamente para Belarmino. — Não há tempo a perder, em uma hora partimos.

Convieram os quatro em que seria melhor dividirem-se em dois grupos de modo a evitar suspeitas, que provavelmente se suscitariam caso os quatro caminhassem lado a lado. Outra preocupação, que recorrentemente os aflígia, concernia à *blitz* sanitária, uma forma cruel e fortuita de inquirição, que destinava imediatamente ao cárcere todo aquele que não exibisse em qualquer das mãos a infausta marca da Besta. Com muita cautela, os quatro se dirigiram ao local combinado, onde já os esperava Cirino acompanhado dos demais rebelados. Era grande a expectativa em torno do que Cirino iria dizer. Este, com a mesma calma e segurança que mostrou no primeiro encontro, começou a falar pausadamente:

— A esta altura, vocês já se inteiraram de que a minha cabeça está a prêmio. Creiam-me que isso não me traz o menor temor ou intranquilidade. A fúria dos nossos inimigos demonstra cabalmente que começamos a incomodá-los. Pensam, com efeito, que nos amedrontam e que, amedrontados, cederíamos da resolução de defender, ao preço de nossas vidas, a nossa fé, a nossa pátria e o nosso povo. Enganam-se redondamente. Eu lhes juro que estorvaremos mais os nossos inimigos do que eles haverão de estorvar os nossos planos ou de pôr ciladas às nossas vidas. Em vista deste elevado propósito, convoco alguns de vocês para uma missão arriscada, cujo risco representa exatamente a contraprestação do bem que, se bem-sucedida aquela, usufruirá a sociedade e particularmente os jovens. Sei que todos se dispõem a cooperar, mas para a situação que iremos enfrentar, convém que a escolha recaia sobre, ao menos, três homens com as seguintes particularidades: dois homens fortes e um terceiro hábil em falar.

Instantaneamente, todos levantaram os braços; a adesão foi completa mesmo por parte daqueles que não eram tão robustos. Então, o orador, entusiasmado, prosseguiu:

— Não é necessário que os candidatos se apresentem já. Ouçam agora o que tenho a dizer sobre a situação na qual vai se desenrolar a ação dos escolhidos. Depois ficarão mais capacitados para optar a favor ou contra a própria participação na missão.

É de conhecimento geral o empenho que a Nova Ordem Mundial põe no aliciamento dos jovens para a sua causa; sabe-se também que quanto mais os envenenam com ideias deletérias, mais acerba se torna a discriminação e a perseguição dos cristãos, porque os jovens, iludidos, tomam-nos por retrógrados e concebem pela sua fé um ódio abissal e verdadeiramente diabólico. Essa estratégia sórdida, que muito aproveita aos inimigos do Cristo e nos desfavorece na mesma medida, será reforçada e se tornará para nós incontrolável e devastadora se chegar a realizar-se o Congresso da Promoção da Juventude, a se instalar no próximo domingo no estádio municipal, onde serão realizados jogos, festas e competições esportivas, e cujo ponto culminante será o pronunciamento de um membro do Partido Democrata americano, um comunista declarado, o mesmo que patrocinou a ferocidade dos movimentos de rua, o quebra-quebra, o vandalismo das igrejas católicas, o aborto generalizado, a liberação das drogas e a erotização das crianças. Esse homem é o próprio Satanás encarnado, sua malignidade, potencializada pela mídia, destrói a solidariedade social e obsta a formação da consciência coletiva, fundamentada em sentimentos nobres e altruístas. A despeito dessa biografia torpe, esse emissário satânico exerce uma grande influência sobre a juventude, que o vê como um guru, que acriticamente crê em tudo que ele afirma ou nega, numa palavra, que o segue incondicionalmente independentemente de qual seja o paradeiro para onde a leve a imaginação pervertida de seu condutor.

— Queres que impeçamos a realização desse evento? — indagou alguém com um suspiro de impotência.

— Em parte, sim — respondeu Cirino. — Cumpre impedir a qualquer custo a apresentação apoteótica desse comunista trapaceiro. Tenho em mente um plano que requer a combinação equilibrada de força e de talento retórico. Nada que não possa ser realizado por homens voluntariosos, dispostos a correr um risco calculado, mas à condição de que o conjunto da obra seja o resultado da conjugação harmoniosa de cérebro e de músculos. Explico-me: inicialmente, o teatro das operações será o hotel, onde está hospedado o americano. Ali, dois dos nossos homens entrarão furtivamente em seu apartamento, auxiliados por um agente infiltrado no hotel, que deixará a porta semiaberta, e o hóspede à mercê do nosso homem forte, que o imobilizará e o manterá sequestrado e incomunicável por pelo menos duas horas, contadas do momento em que tiver início sua apresentação no estádio. O outro homem, o homem-cérebro, aparecerá então com todas as características formais do sequestrado, far-lhe-á as vezes, salvo no que diz respeito ao conteúdo de sua exposição, que será alterado de modo a privilegiar o enfoque conservador do tema que se discutirá. Acredito que a operação, globalmente considerada, não durará mais do que três horas, desde a chegada ao hotel até o fim do pronunciamento no estádio.

Houve um significativo silêncio na sala, que anunciava talvez uma tendência geral ao dissentimento e à recusa da participação na operação planejada por Cirino. De repente, uma voz, vinda do fundo da sala, se fez ouvir:

— Eu e meus companheiros estamos dispostos a cooperar. — Era Malvino, o homem forte que Cirino precisava e que jamais se omitiu frente ao perigo. — O plano é bem elaborado, e se for bem-sucedido, terá valido a pena o risco corrido.

— Agradeço sinceramente a confiança depositada no plano aqui exposto, de cuja execução, creio eu, estão encarregados homens intrépidos e visceralmente comprometidos com a causa da liberdade. Desde já os convoco para um breve treinamento com vistas ao detalhamento da operação e à dissipação de dúvidas.

Três dias depois dessa reunião secreta, Malvino e seus camaradas levavam a cabo, com o maior êxito, a primeira parte da operação arquitetada por Cirino. O gringo comunista estava amordaçado e imobilizado; Fabrício trajava-se à americana com roupas surrupiadas da mala do sequestrado, enquanto os outros dois, Valente e Belarmino, aguardavam no carro, especialmente arranjado por Cirino, para transportar o insigne impostor ao estádio municipal.

A chegada e a apresentação do conferencista foram festejadas com ruidosos aplausos, gritaria estridente e uma prodigiosa descarga de fogos de artifício. A toda essa perturbadora manifestação de júbilo popular, Fabrício respondia com acenos e gestos característicos do sequestrado e que faziam as delícias dessa geração de jovens fanática e endurecida, que põe o exemplo de Epicuro acima da mensagem do Evangelho.

Acalmada a turbulência provocada pela presença do ídolo no palco, oportunidade em que os jovens, que jamais sossegam, começaram a fazer chifrinhos com ambas as mãos. Fabrício afinal sentou-se e aguardou que se lhe concedesse a palavra. Seguro de si, o outrora ilustre advogado, acostumado à inconstância do grande público e aos grandes embates judiciários, aguardava serenamente o início de sua elocução, esse momento crucial da exposição, no qual se sentam as premissas em ordem a suportar a maciça construção doutrinária, cujos diversos elementos o hábil orador tem que articular em sistema. Assim que lhe foi dada a palavra, simulou um forte sotaque inglês, pelo qual se desculpou antes de entrar propriamente no tema.

— O motivo principal da minha presença aqui nesta tarde é o desejo ardente de assinalar a minha culpa e de me desculpar por ela. Com a astúcia de fingida preocupação pelos jovens, tenho-os enganado permanentemente, fazendo-os por isso recuar diante do bem, da justiça e da verdade, os três fundamentos de que se tem servido secularmente a humanidade para elevar os homens e promover a paz entre eles. Voluntariamente e com os meus próprios recursos, disseminei o ódio e o ressentimento, financiei a violência e predispus a mídia contra os virtuosos, porque cria que, ferindo-os, feria também a consciência moral e o sentimento de justiça, os dois pilares de toda sociedade organizada.

Os grandes desígnios, que movem os jovens e granjeiam-lhes a simpatia universal, destruí-os todos, na medida em que transformei-os, através da propaganda maciça, em programas de lutas reivindicadoras de direitos abusivos e de exigências torpes ou antinaturais.

O público pasmava diante das revelações do orador. Subitamente os ruídos cessaram; nenhum movimento muscular, indicador de desatenção ou de desinteresse na exposição, se fez; somente percebia-se o silêncio, não como ausência de sentido, mas como manifestação de vontade, vontade de entender o que se passava, vontade, enfim, de discernir a verdadeira causa de uma mudança tão radical, operada ali e agora diante de seus próprios olhos. O orador então retomou seu discurso.

— Em 30 anos, como a decomposição progrediu no seu país! Putrefez-se primeiro a cabeça; daí a infecção desceu para as hierarquias políticas, e delas irradiou para o resto da sociedade, já moralmente indefeso. Coube a mim, principalmente a mim, organizar e coordenar os movimentos sociais de contestação, coerente com a máxima que sempre observo: "O dinheiro começa; a mídia termina". Eis o que fiz a minha vida inteira, aberta ou clandestinamente, segundo as circunstâncias que se me apresentavam. Inspirado por não sei quê poder maligno, percebi que a educação é o ponto nevrálgico das novas nações, visto que elas invariavelmente transferem para o futuro o resultado dos esforços e sacrifícios feitos anteriormente. Há nelas algo assim como uma aposta pesada na sua juventude, de modo que, se esta falhar, fracassará com ela a nação que empenhou toda uma geração em apenas uma aposta. Convenci-me logo de que um bom trabalho feito junto aos professores dar-me-ia mais frutos do que cem anos de ditadura poderiam me render. Paguei regiamente a jornalistas e professores inescrupulosos para orquestrar os jovens de ideias revolucionárias, sobretudo as ligadas ao ressentimento e ao ódio entre as classes, sexos, raças e credos religiosos. A essa juventude enlouquecida vieram somar-se minorias turbulentas e sediciosas, infladas de orgulho insolente e inflamadas de cólera, uma e outras embaídas com êxito pelo poder da propaganda que eu próprio financiei. Intimamente, eu queria fazer deste país um grande tubo de ensaio para aferir a veracidade do que preconiza o marxismo cultural, no que este movimento tem de mais permissivo e anticristão, bem como, verificado o seu *status* veritativo, difundi-lo pelos outros países do terceiro mundo.

Eis a minha *mea culpa*, que submeto à benévola apreciação de quantos me conhecem e sabem da estima que nutro pelos jovens do mundo inteiro. Sobre os políticos que corrompi e os juízes que peitei, calo-me agora, deva eu embora falar sobre isso noutra oportunidade.

Frente ao orador súplice e desarmado, silenciavam todos, presos àquela voz apocalíptica e sedutora, que narrara os fatos mais escabrosos da história deste país. De repente, movidos por um impulso de adesão, cega e sem reserva, à personalidade incontestada de seu líder, os jovens prorromperam em aplausos calorosos, ensurdecedores. Levantaram-se de seus bancos e iniciaram uma esfuziante manifestação de apoio ao orador que, boquiaberto, custava a crer no que via e ouvia. Cercaram-no, puseram-no aos ombros, carregaram-no pelos espaços adjacentes ao estádio até o lugar onde estava estacionado o carro que o levaria de volta ao hotel.

"Como é possível que essa gente, à vista da confusão de atos de barbárie cometidos contra si própria, ainda festeje jubilosa quem covardemente os praticou?" Essa pergunta fazia-a Fabrício para si mesmo durante todo o trajeto para o hotel, à cata de respostas que nem Valente nem Belarmino puderam lhe dar.

Poucos minutos faltavam para que se escoasse o tempo previsto para o término da operação e a libertação do americano cativo. Malvino imobilizou-o de bruços, a fronte colada a terra, sem a menor possibilidade de comunicação exterior, salvo se alguém acidentalmente o descobrisse e revelasse seu cativeiro, o que Malvino e seus companheiros desejavam ardentemente que não ocorresse tão cedo. A missão estava cumprida.

CAPÍTULO 15

—

O RESGATE

—

O sucesso da operação agradou sobremaneira Cirino, que, entusiasmado, anteviu a oportunidade de acionar o mesmo grupo vitorioso, por ocasião de um encontro nacional a se realizar na cidade, cujo tema, na sua opinião, era capcioso e apresentava todas as características de um libelo contra os intelectuais conservadores e suas produções literárias. Disse ele aos quatro amigo.

— Mantenham-se alertas e prontos para agir, pois a insídia comunista, agindo nas trevas, prepara uma nova investida contra a cultura conservadora, desta vez contra o hábito da leitura, que, segundo os luminares da esquerda, corre o risco de, perigosamente, se generalizar em todo o país. Os prepostos da elite globalista, no Brasil, estarão reunidos durante três dias para nos enfiar goela abaixo uma agenda que encarece o valor da ignorância e dá como protótipo do homem feliz um operário bronco, cismando sob a sombra de uma árvore frondosa, debaixo da vista paternal de um feitor comunista. Tudo isso será objeto de análise num encontro nacional que terá por tema "O perigo da leitura numa sociedade ordeira", no qual os *Cavaleiros da Rainha* deverão estar presentes para não sermos apanhados de surpresa.

Cirino fez uma pausa, olhou fixamente para os quatro companheiros, e prosseguiu:

— Um encontro dessa natureza, ou seja, contra a leitura e as letras, tem no Brasil o caráter de um encontro contra os conservadores. Os comunistas, até então, não se dispunham a reconhecer, entre nós, a existência sequer de resíduos culturais, posto que as letras carecem aqui de existência legal. Falar contra a cultura é falar contra os conservadores.

Pode-se imaginar a classe de gente que acudiu ao mencionado encontro: seus promotores, acompanhados de uma escolta policial, cinco ministros do Tribunal Soberano, "intelectuais" de esquerda, jornalistas da grande imprensa, lacaios servis da propina vermelha, ex-parlamentares do Centrão, bispos da extinta CNBB, membros da Teologia da Libertação, representantes autorizados da Igreja Ecumênica, com sede em Roma, e vários professores universitários.

Ficou evidente, desde um primeiro momento, que não há escritor mais anti-intelectual que o intelectual da esquerda; mais iletrado que o professor universitário, nem mais ateu que os clérigos regulares. Em geral, quase todos os oradores afirmaram que no Brasil não existe o hábito da leitura senão como um produto exótico, que se há brasileiros leitores é pela mesma razão que há brasileiros alcoólatras ou pedófilos, ou seja, por razões viciosas burguesas.

Como de costume, no referido encontro, pediram-se leis contra a produção de livros e a leitura. "Fala-se do livro, disse um participante, ainda com muito respeito. É certo, porém, que se lhe devem muitos males, embora se lhe atribua algum benefício. Se o Brasil é um povo casto e ordeiro, é porque é um povo sem leitura. Um indivíduo, por exceção, pode ler Monteiro Lobato e até tocar piano; mas um povo tem que ser ingênuo e ignorante."

Isso pode ser objeto de uma larga discussão — disse um conhecido cardeal. — A leitura, como qualquer vício, não é coisa de temperamento, mas de desvio de temperamento. Não obstante o aspecto vicioso da leitura, convém registrar que nem toda leitura é proibida ao comunista, desde que não acrescente conhecimento ao leitor. Eu creio que os escritores mais perigosos para um comunista não são, precisamente, os escritores ateus ou pornográficos, mas especialmente esses enfadonhos e prolixos escritores burgueses e conservadores, tal qual o Mestre Justino, que começa a despertar nos nossos jovens ideias dissolventes, relacionadas à liberdade e à propriedade privada.

Essas palavras funcionaram como elemento desencadeante de um movimento generalizado contra o Mestre Justino e suas obras, tidos pelo colégio deliberante do encontro como prejudiciais à boa formação da juventude comunista. Ficou deliberada também a prisão de Mestre Justino e a arrecadação de suas obras. Depois de ler um resumo da ata, o presidente do encontro disse:

— Para acabar com o hábito da leitura, o primeiro que há de se fazer é acabar com a hipocrisia. Nada de livros, filmes e revistas que falem de comodidades, tecnologias ou prazeres frívolos. Há que se estimular, antes de tudo, o apego à pobreza e à obediência, porque enquanto os sentimentos humanos não podem desenvolver-se consoante aos valores marxistas da carência e da igualdade na indigência, é indubitável que se desenvolverão de uma maneira burguesa e conservadora.

Nesse momento, concluíram-se os trabalhos, e providências foram tomadas de modo a cumprir fielmente as determinações constantes na ata do encontro, notadamente a que aludia à prisão do Mestre Justino. Malvino e seus parceiros partiram imediatamente para a montanha em ordem a salvar Justino, antes que qualquer resistência se tornasse impossível. Os quatro amigos chegaram a tempo à casa de Justino, e comunicaram a este todo o ocorrido. Malvino teve, por alguns momentos, esperanças de triunfo próximo; por alguns instantes, também, Valente, Fabrício e Belarmino puderam esquecer os infortúnios e mágoas passadas, e entrever no meio da tormenta, que até ali lhes obscurecera sempre a existência, um cantinho azul do horizonte, de sossego e de ventura, tão sonhado por aqueles que já tinham pronunciado com íntimo sentimento a palavra liberdade.

Não demorou muito para que a realidade, demolidora de sonhos, se apresentasse nua e crua diante dos olhos estupefatos dos cinco sitiados. A chegada da polícia pôs termo às suas esperanças e transtornou tudo. A situação era das mais graves. Malvino e Valente trocavam lúgubres olhares; a mão do primeiro apertava trêmula uma faca que estava sobre a mesa; a atitude do segundo denotava profunda meditação. Justino recorria ao seu gênio, que desta vez se conservava estéril e alheado. Fabrício e Belarmino permaneciam de pé, ao lado de Valente, calculando as consequências de um eventual arrombamento.

Malvino conservava-se aparentemente impassível e ligado em qualquer detalhe ou circunstância que se apresentassem e que pudessem representar uma tábua de salvação contra aquele angustioso aperto. Mas, ouvindo os passos dos seus perseguidores nas imediações; ouvindo o vozerio dos policiais tão próximo, sentiu na alma grande dor, pois temia ver em breve perdido um amigo, em favor do qual arriscava agora a própria vida.

— Que se há de fazer? — disse Belarmino ao ouvido de Malvino — Os miseráveis são capazes de dar com o nosso esconderijo... Decerto não podemos resistir.

Malvino não respondeu, olhava para todos os lados com a maior atenção. A um canto da casa estavam umas cordas cobertas com um plástico transparente. Mestre Justino sentara-se sobre as cordas, de forma que as suas pernas encobriam-nas completamente. O tumulto parecia ter aumentado; ressoaram gritos ameaçadores no portão de acesso à garagem. Mestre Justino, assustado, correu para junto dos demais, no centro da sala. Este movimento deixou ver as cordas; Malvino soltou uma exclamação de triunfo. Desenrolou as cordas, ergueu a cabeça e examinou com a vista a abertura que havia no teto. Era uma passagem de emergência, dividida em duas partes iguais por uma barra de ferro. Malvino atirou com força a ponta de uma das cordas, em que havia dado um nó, e a corda foi enrolar-se na barra de ferro. Depois, segurou-se à corda e subiu, à força de braçadas; chegou à abertura, meteu a cabeça por ela, e após haver se certificado de que não havia por ali nenhum policial, saiu para o telhado. Alguns minutos depois, tornou a aparecer na abertura do teto, e deixou-se escorregar pela corda. Estavam todos na maior ansiedade.

— A coisa não é difícil! — disse ele — A casa fica encostada à montanha. Iço-me até o telhado, levo comigo um cabo, amarro-me a um tronco, e puxo um de cada vez.

— Mas, e os policiais? — perguntou Belarmino.

— Não tenham medo!... A montanha é mesmo escarpada... Isso é bom para mim, que pratiquei alpinismo... Nenhum desses milicos é capaz de subir nem dois passos... Para lá chegarem é preciso que venham pelos atalhos... Há só dois perigos... são os tiros que vêm do jardim... O outro é que descubram a nossa fuga, e, bloqueando a nossa retaguarda, nos cerquem na descida para o vale... Mas quem não se arrisca...

Redobrava o vozerio dos perseguidores; ia em toda a casa um barulho infernal. As coronhas dos fuzis faziam gemer as paredes;

as baionetas despedaçavam tudo o que não era concreto. Era por milagre, decerto, que os miseráveis não tinham descoberto ainda o esquema de fuga dos cinco fugitivos. Por cima de tudo, sobre estes pesava o risco de serem atingidos pelos tiros que vinham do jardim, ainda mesmo que não fossem descobertas nem as cordas nem a abertura do teto.

— Venha, Mestre — disse Malvino, segurando com uma das mãos a extremidade da segunda corda.

— Hei de ser o primeiro? Não! — disse o Mestre.

— Vamos! Não há tempo a perder! — respondeu Malvino. — Não os ouve? Já estão próximos.

Um por um, todos subiram e, através da abertura do telhado, escaparam em direção à montanha. No mesmo instante, ouviram-se no jardim um rugido intenso e o estalar estridente da porta da casa, que desabava. Tudo isso ocorreu num instante.

Os policiais, ludibriados, furiosos, ébrios de sangue e de vingança, empregavam agora todos os esforços para bloquear o desfiladeiro, de modo a obstruir a passagem dos fugitivos para o vale. Afinal, depois de uma hora de caminhada, os cinco se viram cercados. Pela frente, na retaguarda, à direita, à esquerda surgiam armas inimigas; por todos os lados estava a morte, a morte imediata, ou a perspectiva da prisão e do cadafalso. Justino tinha as feições transtornadas... Malvino torturava o espírito em busca de uma ideia... e nada! Estava lívido, não de medo, mas de raiva por poder tão pouco. Quando ia triunfar dos seus inimigos, viu-se apanhado por eles. A obra de vingança e de reabilitação em que trabalhava havia três anos, tinha de vê-la aniquilar-se, para sempre, no momento em que parecia concluir-se.

— Já não há o que fazer! — disse Malvino com a indiferença do homem intrépido, que depois de lutar contra todos os perigos, se vê vencido pelas circunstâncias. — Pior será se eu for preso com eles; livre, poderei ajudá-los a reconquistar a liberdade. Seja o que Deus quiser!

Malvino agarrou-se à vida com a insistência de quem, forte na sua inteligência, habituou-se a manter a calma. Fora-lhe voltando a habitual tranquilidade à medida que o risco aumentava. Assim, em meio a tantos perigos, Malvino calculava friamente todas as probabilidades que o acaso podia trazer ainda em seu benefício... Calculava qual seria a melhor alternativa: se saltar para o rio que corria a cem metros abaixo do desfiladeiro, ou se embrenhar na mata fechada que circundava a montanha.

De repente, Malvino deu um berro estrondoso: os olhos, que nem um momento haviam deixado de inspecionar todo o cenário do cerco, depararam naquele instante com o lugar na mata que tornava viável a segunda alternativa. Saltou sobre uma mureta de pedra e deixou-se escorregar pelo plano inclinado da encosta do morro, vindo a cair sobre a ramagem espessa de uma árvore frondosa. A posição horizontal sob a folhagem, que fora obrigado a conservar, para escapar às balas dos policiais, impediu-lhes também de o avistar.

Reputado morto, Malvino deixou que se escoassem aproximadamente duas horas para se certificar da retirada do corpo policial, que conduzia à prisão Mestre Justino e seus três companheiros. Seguindo uma trilha no mato, não tardou muito para que seus pés pisassem o solo firme do desfiladeiro; daí para a casa de Justino foi um pulo. Para sua surpresa, lá chegando, verificou que o carro que os trouxe ainda estava na garagem, e imediatamente se lhe deparou a perspectiva de chegar à cidade antes do anoitecer, de modo a relatar a Cirino todo o ocorrido. Ambos se encontraram nessa mesma noite numa praça pública, ocasião em que delinearam o caminho que deviam seguir para assegurar o êxito do empreendimento que tinham em mente, que não era outro senão o de pôr em liberdade os quatro presos, com o menor risco possível. Ocorreu a Cirino a ideia de que uma mobilização geral em favor de sua liberdade só poderia advir da paralisação de uma categoria profissional que tivesse força o bastante para enfrentar o poder do Tribunal Soberano e que, além disso, se sensibilizasse com a causa dos encarcerados. Só uma categoria, praticamente, tinha essa força; só uma presta um serviço essencial cuja paralisação acarreta o desmoronamento da economia e o colapso social. Sim! A categoria dos caminhoneiros é a única que o governo teme, a única contra a qual o poder político não quer jamais se indispor.

— Se não me falha a memória, — disse Cirino — temos dois infiltrados ali. Agora mesmo vou os acionar.

Malvino tinha ouvido serenamente toda a conversa de Cirino ao telefone com os dois infiltrados. Aquela serenidade, porém, era apenas aparente. O coração de Malvino estava sendo torturado por uma dor pungente; os olhos faiscavam-lhe e a fisionomia assumiu tal expressão de tristeza que a Cirino condoeu. Urgia, portanto, livrá-lo daquele abatimento.

— Meu caro, — disse Cirino — anima-te. Convém que amanhã estejamos firmes e psicologicamente renovados. Eis que teremos um decisivo encontro com os representantes dos caminhoneiros, quando então tentaremos persuadi-los de que nossa pretensão, por ser justa, merece a adesão de seus corações, de seus braços e de seus caminhões.

Estava reservada a esses dois homens, que deviam não obstante permanecer no anonimato, a glória de impor, pela primeira vez, uma tão grande perda à Nova Ordem Mundial? Este era o objetivo que perseguiam Malvino e Cirino quando chegaram, na manhã seguinte, à sede da associação dos caminhoneiros, onde já os aguardava uma assembleia inquieta de associados. Cirino passou a expor, resumidamente, a razão da presença de ambos diante de homens que mais fazem pelo bem público, que mais contribuem para o engrandecimento do país. Destacou também a inocência dos quatro presos, pedindo vênia para que o fato fosse esclarecido com mais detalhes pelo companheiro a seu lado, a quem passou a palavra.

— Senhores, — falou Malvino — a quem pedir paz senão aos que a desejam? De quem obter tolerância senão dos que a pregam? Pois nós viemos aqui suplicar a liberdade a quem mais a tem em alta conta, para quem a ama verdadeiramente; para quem vive dela e luta por ela todas as vezes que sai para o trabalho diário ou quando deixa o caminhão, muitas vezes, na madrugada, já com a intenção de utilizá-lo novamente nas primeiras horas do dia seguinte. O que seria do caminhoneiro sem a sua liberdade, já não falo da liberdade de ir e vir, que é essencial à sua profissão, refiro-me sobretudo à liberdade que se traduz na escolha de infinitas possibilidades de organizar a própria vida profissional, de celebrar seus contratos, de fazer um dia diferente do outro, de parar o caminhão, de prosseguir com ele, de sentir na própria pele, enquanto trabalha, as mais variadas impressões que a natureza deixa sobre os corpos das criaturas que, ou na terra, ou no mar, ou no ar, alardeiam seus próprios atributos existenciais em consonância com a liberdade que lhes deu o Criador...

Senhores, com o coração confrangido, venho dizer-lhes que quem mais celebrou e defendeu a liberdade, entre nós, acha-se preso com mais três companheiros num cárcere imundo, com o qual é vedada qualquer comunicação. Mestre Justino, homem de escol, organizou a nossa resistência, denunciou os erros e os crimes da esquerda e foi o primeiro a lançar os fundamentos do que poderia vir a ser um genuíno partido conservador, não fosse o *débâcle* do Estado, que nos impôs o silêncio e a morte civil. Mestre Justino, rigorosamente só, educou todo um povo ignaro e recalcitrante, habituado à força a pensar segundo categorias marxistas, que privilegiam o significado em detrimento da referência, assim como a metonímia contra a letra da realidade. Mestre Justino denunciou o Foro de São Paulo, entidade perniciosa, causadora remota dos males que ora padecemos, contra o qual jamais obtivemos qualquer providência quer do governo, quer do Ministério Público, quer da imprensa. Ele profligou, com seu verbo implacável, os políticos, que usavam da vaidade impudentemente; tinham em ponto de honra a insolência; eram insuportáveis de amor-próprio, e nunca se reputavam atrevidos bastante, e bastante odiosos.

Contra essa prisão cruel e arbitrária, venho pedir-lhes uma pronta resposta, consistente na paralisação total ou parcial de suas atividades, mormente daquela cuja falta é mais sentida, por ser precisamente a mais importante: o fornecimento de combustível.

A proposição de Malvino não obteve um pronto acolhimento. Não era possível adivinhar, naquele instante, uma tendência favorável nos olhares ou nos gestos dos participantes. No entanto, os líderes classistas prometeram convocar o conselho para, juntamente com toda a categoria, deliberar ainda no mesmo dia.

— Não dou esperança de bom êxito — disse um deles, ao cumprimentar Malvino. — Prometo apenas empenho e boa vontade.

Malvino saiu pessimista da reunião. O abatimento, proveniente do estado de impotência, frente à tribulação, provoca, nos homens práticos, o estado melancólico, responsável pelo ceticismo. Abatido e cético, Malvino aguardou no refúgio de Cirino, junto à TV, a resposta prometida pelo líder dos caminhoneiros.

Já era noite, quando entrou no ar o plantão jornalístico, cujo apresentador noticiou, em tom jocoso, o fim do petróleo.

— Os sábios, há alguns anos, revelaram que o petróleo iria acabar em três mil quatrocentos e cinquenta anos. Parece, no entanto, que os sábios cometeram um pequeno equívoco quanto à data da extinção do aludido mineral. Este não se esgotará em três mil quatrocentos e cinquenta anos, mas dentro de algumas horas. É o que dizem os caminhoneiros, que, em matéria de combustível, sabem mais do que todos os geólogos do mundo. Os caminhoneiros declararam-se em greve na tarde de hoje e só voltam às estradas quando Mestre Justino e mais três prisioneiros forem postos em liberdade. Com essa greve, os caminhoneiros antecipam em cerca de trinta e quatro séculos a declaração aterradora: acabou o combustível! As autoridades avaliam a situação, e darão uma resposta nas próximas horas.

Era o que Malvino queria ouvir. Subitamente, seu rosto tomou as cores que os poetas dizem ter a vida. Abraçou-se a Cirino e ambos festejaram a vitória há pouco anunciada, decerto uma pequena vitória, mas necessária para que a definitiva se consumasse pela intervenção patriótica dos grevistas.

É dizer bastante que, ao amanhecer, as autoridades recuaram e puseram em liberdade os quatro presos. Não havia, afinal, nenhum ganho direto para o governo globalista manter encarcerado um homem que vive pacificamente com seus livros nas montanhas. Houve, pelo contrário, na decisão de os libertar, um grande interesse econômico de não indispor o Estado com os caminhoneiros, desde que suas reivindicações fossem mínimas e razoáveis.

Pela tarde, Malvino foi receber, exultante, Mestre Justino e seus três companheiros à porta do presídio. Rumaram dali para a casa do Mestre na serra fluminense.

A noite aproximava-se, o sol ia declinando e o céu se salpicava timidamente de estrelas quando o grupo retornou da montanha. De pé, em frente da porta da loja, já os esperava Cirino, com uma nova convocação...

CAPÍTULO 16

—

UMA REUNIÃO DECISIVA

—

    Antes mesmo de se darem conta da presença de Cirino, frente ao portão, chamou-lhes a atenção o som harmonioso de uma gaita de boca que vinha do outro lado da rua. Provinha de um pobre homem, muito conhecido no bairro, que, em troca de um prato de comida, homenageava seu benfeitor com uma canção improvisada na gaita. Esse homem era cego e era feliz. Era feliz precisamente porque era cego, e não apesar de o ser. Nisso consiste a notabilidade do caso. Daqui não se segue, é claro, que para fazer a felicidade dos homens seja necessário vazar-lhes os olhos, a exemplo do que se fazem com alguns pássaros para que eles cantem mais e melhor.

    O cego de que se fala era feliz por limitação. Não conhecia muitos prazeres e por isso ignorava muitas dores; não testemunhava calamidades, por isso estava sempre em paz consigo mesmo. O mundo visível não existia para ele. Sua sensibilidade e seus gostos eram diferentes dos da generalidade dos homens que veem. Dizem que era casado com uma mulher obesa e desatraente até mesmo para um homem pouco exigente que pudesse vê-la, e se entretinha, durante o dia, com a sua inseparável gaita. Certo é que esse homem desfrutava toda a felicidade que normalmente só se pode obter com muito dinheiro e nenhuma obrigação.

    Desculpando-se por interrompê-lo, perguntou-lhe Belarmino:

— Como é possível ser um tão exímio gaitista sendo um deficiente visual?

— Nem sempre fui cego; a cegueira me sobreveio em razão de um desastre e por uma benção do céu — respondeu o cego.

— Como assim? Por uma benção do céu? — retornou Belarmino.

— Deus tirou-me a visão, porque se compadeceu de mim; não permitiu que eu visse, com horror e constrangimento, o que os outros veem com despudor e indiferença. Privado da visão, concebo, porém, uma certa ordem nas coisas que limita e condiciona o pensamento em função do que é ou deveria ser o seu objeto, de modo que o caos da existência humana não afeta o meu sentido visual nem perverte a minha mente.

— Ah! Temos aqui um novo Diógenes! — exclamou Belarmino, batendo palmas. — Mas, o que te desagrada e não queres ver na sociedade dos homens?

— Tudo o que banalizou o que havia de sublime no nosso dia a dia. Havia algo de poético no mundo que o socialismo destruiu. O comunismo se esforça por encontrar o homem "puro", — não alienado, dizem os marxistas — despojado da família, da propriedade, de religião, numa palavra, quer a coisa, não a ideia adicionada a ela pela civilização. O comunista destrói o véu de decência e dignidade que cobre o homem, para contemplá-lo na sua bruteza concreta; ele vê todos os significados que derivam necessariamente da referência humana como obstáculos que ele mesmo deve remover, consoante o que manda o materialismo dialético. Pois, quando esses véus são rasgados, não encontramos realidade alguma, ou no melhor dos casos, deparamos com um ser anódino, abúlico e sem iniciativa, em tudo dependente do Estado; um indivíduo incapaz e portador de cegueira incurável da alma, tal é a transformação operada pela engenharia social sobre a raça humana.

— Mas então, — disse Belarmino — em comparação contigo, o comunista é um homem irremediavelmente infeliz.

— Quando se vive num mundo como o nosso, é bem a propósito o que diz o Eclesiástico: "Quem acrescenta ciência acrescenta dor". Cada nova conquista do progresso é uma nova fonte de dores. À medida que refinamos e estendemos nossa sensibilidade, aumentamos nossos padecimentos. O homem é mais desvalido que os animais, o poeta mais que o quitandeiro, e o são mais que o cego. Os que veem somente com os olhos do corpo têm também a sensibilidade muito menos apurada do que os privados da visão. Carecem de paladar e de coração. Desconhecem o prazer que dá ao ouvido uma sonata e ao olfato o aroma de uma flor do campo. Comem por glutonaria e amam só por instinto. Que um prato esteja melhor ou pior temperado, tanto faz, contanto que sacie a sua gula. Que uma mulher seja bela, é apenas uma mulher nada mais que isso. Eis o resultado a que se chega quando removemos o véu e encontramos o homem puro, o homem socialista.

A conversa fluía e teria continuado não fosse a peremptória convocação de Cirino para a reunião a portas fechadas, na qual seriam expostas e discutidas as recentes medidas tomadas pelo Tribunal Soberano, tendentes a impedir excessos dos cristãos por ocasião da iminente visita do Falso Profeta ao país.

— O cerco se fecha cada vez mais contra nós — falou Cirino, com a voz ofegante. — O furor dos ministros do Tribunal supera o assombroso patamar cujos limites nem mesmo o Tribunal do Reich ousou transpor. Eles não têm a vocação que o seu cargo exige. Não têm, por outro lado, a idoneidade moral que os recomende. Seu interesse primordial é amealhar dinheiro; sua preocupação acessória é multiplicá-lo através do exercício de um poder tirânico e incontrastável. A mim parece muito natural que os ministros tenham dinheiro; mas uma coisa é ter dinheiro quando se é, por exemplo, ministro, e outra coisa é tornar-se ministro para ter dinheiro.

A aplicação das medidas "profiláticas", como as chamam seus executores, foi confiada ao Ministro Bordoada, que leva sua insensatez ao ponto de arrogar a si o direito que Nero, Domiciano e Décio invocaram para exterminar os cristãos. Este ser horrível, uma espécie de espectro de rosto carregado, com um ar feroz e estúpido, apareceu na TV comendo sossegadamente um sanduíche quando o advogado dos cristãos perseguidos o visitou em seu gabinete. Parecia não dar nenhuma atenção ao que se passava à volta dele; nem mesmo se interrompeu para olhar os documentos que o advogado respeitosamente lhe mostrava. Passados alguns minutos, o ministro despediu-o, dizendo-lhe um não muito resumido e muito duro.

No dia seguinte, os presos já eram centenas só aqui na região. Os cristãos eram levados para a penitenciária central, antes que se concluíssem as obras de construção de um pavilhão, do outro lado da cidade, que outra coisa não era senão um imenso campo de concentração. Urgia, portanto, encontrar uma saída pronta e imediata em ordem a libertar os presos antes que fossem transferidos para o pavilhão.

Novamente Cirino convocou uma reunião, dessa vez com todos os membros da congregação, na mesma casa em que se realizou a primeira, onde foram escolhidos os participantes da operação e delineadas as estratégias de assalto e fuga da penitenciária. Nessa mesma noite, após a distribuição das armas, o grupo de quinze homens se deslocou para o local da operação.

A noite estava escura; nuvens enormes, impelidas pelo vento forte, amontoavam-se no horizonte. Apenas o sibilar do vento perturbava o silêncio profundo naquela região desértica em torno da prisão. Não há nada mais lúgubre do que o aspecto das campinas nas horas de trevas. Esses negros e tristonhos matagais, cobertos apenas de mesquinha vegetação, apresentam o perfil da desolação. Eram quase nove horas e não se via sequer uma luz naquele edifício sinistro. A estrada que conduzia à prisão destacava-se vagamente, como se fosse uma lista esbranquiçada, sobre aquele solo sombrio. Ouvia-se, de vez em quando, o piar triste das corujas. Contudo, se algum caminhante, alguma sentinela cuidadosa, algum espião inteligente tivessem prestado escrupulosa atenção, teriam decerto distinguido por entre os pios das corujas, trazidos pelo vento furioso, um ruído surdo, cadenciado, regular, como o que produz a marcha de um grupo de homens, animados por um objetivo comum, em terreno seco e duro. O ruído vinha do lado em que ficava a cidade, mais precisamente do ponto em que foi deixado o veículo que trouxe os homens e que devia levá-los de volta, no caso de sucesso da operação. Os libertados, que eram centenas, deveriam empreender a fuga por conta própria, uma vez postos em liberdade. Logo aumentou e destacou-se na sombra uma confusa massa. Eram dois pelotões, um atrás do outro, comandados por dois superiores. Era evidente que não estavam habituados à rotina da guerra, que não sabiam de todos os ardis que se utilizam nos campos de batalha, tanta era a desconcentração que imprimia à marcha um movimento irregular. As duas filas de homens exploravam enquanto caminhavam os dois lados da estrada; e com o dedo no gatilho prontas para fazer fogo, logo que pressentissem indício de inimigo no meio do mato. Dois comandantes lideravam os dois pelotões, que marchavam em coluna cerrada. O primeiro era Cirino, que comandava o pelotão da frente; o outro, que comandava o pelotão da retaguarda, era Malvino. Cada pelotão era composto de oito homens, armados de pistolas automáticas, alguns com minimetralhadoras, armas suficientes, segundo criam, para dar cabo da missão, com riscos mínimos para os seus integrantes.

CAPÍTULO 17

—

BELARMINO RESSUSCITA

—

    Cirino escolheu três homens de cada pelotão para os seis escalarem as poderosas e fortificadas muralhas da prisão, ao mesmo tempo em que a troca da guarda deixava desprotegidas as paredes laterais, por sobre as quais haveriam de subir os invasores, antes de abrirem o portão principal da penitenciária. Essa era a estratégia de assalto do pavilhão. Cirino fez um sinal afirmativo e os homens partiram. Os demais aguardavam a abertura do portão, camuflados por entre o matagal. Passou um quarto de hora, meia hora, e ainda era tudo silêncio. A ansiedade tomou conta de Malvino, que resolveu averiguar; Cirino, coronel reformado e afeito às coisas da guerra, o conteve. De repente, ouviu-se um tiro, mas só um, isolado e que nada dizia sobre o desfecho da escaramuça. Ao primeiro sucedeu-se outro. Malvino, na maior impaciência, ergueu-se para observar. Afinal, o portão se abriu e os dez homens invadiram a penitenciária. Surpreendentemente, os primeiros invasores haviam feito a metade do trabalho; o resto foi realizado com rapidez e sem perdas humanas. Os guardas se renderam e os cristãos presos foram libertados. Não obstante o sucesso da operação, a preocupação ficou por conta de uma baixa entre os invasores: Belarmino havia sido ferido, por ocasião do assalto ao portão.

    Os homens, apesar de conhecerem pouco a situação topográfica do lugar, e da escuridão da noite, executaram à risca a ordem de Cirino para uma retirada rápida e imediata. Não se fazia ideia da real situação de Belarmino, que só gemia e acusava dores no tórax.

A noite estava sombria, e Cirino, com uma pistola na mão, caminhava à frente com o cuidado que o seu arriscado comando exigia. Foi se habituando à escuridão, e distinguia já os objetos de maior vulto. Até que, subitamente, se deu conta de que cem metros os separavam do veículo que os levaria de volta à velha casa de reuniões, onde a situação física de Belarmino seria avaliada por um médico.

Minutos depois da chegada à casa, Cirino mandou que trasladassem imediatamente para um quarto o quase cadáver de Belarmino, enquanto se davam as ordens necessárias para preparar o ambiente, quem sabe, para uma possível cirurgia. Em pouco tempo chegou o médico, que era membro, ele também, da congregação. O exame do corpo mostrou que as chances de vida eram remotíssimas, uma vez que a bala se alojara no tórax, a centímetros do pulmão, e sua remoção só poderia ser feita com grande risco para o paciente, que estava inconsciente e fraco, pela grande quantidade de sangue que perdera.

O médico, que era um homem alto, magro, trajado elegantemente, com um guarda-pó alvo como a neve, olhos vivos e mãos cartilaginosas, estava rodeado por dois assistentes, membros efetivos de sua equipe, que o acompanhavam nesse emergência dolorosa.

Após fazer a assepsia das mãos, o médico aproximou-se novamente do leito, tomou o pulso do agonizante e mandou que o despissem do abdômen para cima. Belarmino estava deitado com a cabeça inclinada para o lado esquerdo, com a camisa ensopada de sangue, o rosto cadavérico, frio como o mármore e sem pulsação. Seus amigos permaneciam inconsoláveis, e lobrigava-se nos seus rostos o sentimento de dor atroz que os afligia.

Desse instante em diante não se ouviu mais um suspiro. Iniciou-se então a cirurgia. O médico, que estava inclinado sobre a cama, e seus assistentes, formavam um meio círculo em torno do paciente. Daí a pouco a bala foi extraída. Todos ficaram mudos de assombro; houve um momento de paralisação universal. O cirurgião observava Belarmino com olhos inquisidores.

— O paciente não tem pulso! — disse um dos assistentes.

O cirurgião olhou incrédulo para o assistente. Ato contínuo, tirou um vidrinho do bolso, molhou com o conteúdo dele um pouco de algodão, que aplicou ao nariz de Belarmino.

— Não há mais sinal vital! — exclamou o mesmo assistente.

— Friccionem as suas pernas e braços! — disse o cirurgião para os seus assistentes. — Eu massageio o coração.

O cadáver, porém, ainda era cadáver, malgrado as diligências de ressuscitação realizadas repetidas vezes. Malvino, Valente e Fabrício, cabisbaixos, descriam já na realização de um milagre. Choravam apenas.

— Constância! — bradou o médico com voz abalada... — Constância! Continuem friccionando! Peçamos todos à nossa Rainha que interceda por esse pobre rapaz, para que Deus lhe restitua a vida!

Cirino olhava admirado para o que estava se passando à sua vista. Aproveitou a deixa do médico para exortar os *Cavaleiros da Rainha*, ali presentes, a rezar juntos e ajoelhados uma *Ave Maria*, em honra de sua padroeira. O cirurgião rendeu-se ao cansaço; olhou uma vez mais para o rosto lívido do jovem, e correu-lhe uma lágrima solitária pela face. Todos observavam atentamente seus mais simples movimentos.

— Massageiem-lhe o coração... o coração! — exclamou ele novamente.

Sobreveio então um fato sublime, indizível, celestial mesmo. O sangue começou a brotar timidamente da ferida; a palidez abandonava pouco a pouco o rosto de Belarmino, a indicar que a vida retornava ao corpo do qual por algum tempo se ausentara. O cirurgião correu a tomar-lhe o pulso.

— Tem pulso; porém muito lento. Massagens, continuem as massagens!

Belarmino descerrou vagarosamente os olhos e moveu os lábios como se quisesse falar. Muitos dos presentes choravam; outros tinham as bocas entreabertas; seus amigos estremeciam de júbilo; ninguém dizia nada, mas todos se comunicavam entre si pela linguagem universal do contentamento.

— Ele vive, vive! — disse o médico, com lágrimas nos olhos.

Belarmino abriu definitivamente os olhos e respirou prolongadamente.

Os Cavaleiros da Rainha reuniram-se então ao centro da sala, deram-se as mãos e endereçaram à sua soberana um preito de eterna vassalagem e de imensa gratidão, tanto era o seu entusiasmo pela milagrosa recuperação de Belarmino.

Posto numa padiola improvisada, Belarmino foi transportado para uma clínica de confiança do cirurgião, onde iria permanecer por trinta dias para convalescer do ferimento.

CAPÍTULO 18

—

QUEM É O FALSO PROFETA?

—

Pouco tempo os três amigos tiveram para se refazer do golpe sofrido em razão dos fatos ocorridos na véspera, já na manhã do dia seguinte, todos estavam à disposição de Cirino e às ordens da Congregação. A um dia apenas da chegada do Falso Profeta ao país, um plano de resistência deveria ser imediatamente elaborado, uma estratégia de ação, oportunamente articulada, com vistas à preservação da fé, da propriedade e da liberdade, princípios que o visitante sistematicamente questionava e, muitas vezes, repelia.

Contudo, para combater vantajosamente um inimigo forte, não basta ser forte como ele, convém, antes de mais nada, avaliá-lo bem, conhecê-lo melhor; situá-lo no contexto em que ele vive e se move, os fins que persegue e principalmente saber com quem anda e a quem serve. A fim de dar respostas a estas questões, Cirino dedicou uma tarde e parte da noite à exposição, à crítica e ao debate acerca da vida desse controvertido personagem.

Falar que esse homem era afinado com os objetivos da agenda globalista, tal como os recomenda a ONU, era dizer o óbvio. Cumpria, por conseguinte, aprofundar o tema, esquadrinhá-lo de tal modo que as causas mais remotas viessem à tona, que o princípio aflorasse em meio aos fatos, e com ele a verdade sobre o Falso Profeta se manifestasse com a evidência transparente da luz, que exclui qualquer mal-entendido, toda embromação. Seria necessário, portanto, falar das Escrituras, e fundamentar na autoridade delas o julgamento que se iria fazer sobre o líder religioso da Nova Ordem Mundial. Por aí começou Cirino seu pronunciamento.

— Rejeito, de plano, qualquer juízo de valor que não seja fundado nos fatos ou baseado em profecias. Falaremos do Falso Profeta, pois, segundo o que dizem sobre ele as profecias; a significação das suas palavras e o sentido da sua conduta. Nada falarei, assim, da acusação que o descreve como satanista ou como celebrante de cultos demoníacos, em razão de que, sobre esses fatos, não disponho de provas firmes. Limitar-me-ei a enfatizar o dado irretorquível de que ele cumpre os requisitos proféticos definidores do Falso Profeta, bem como da ação maléfica e blasfematória que ele desenvolve durante esta terrível época da *Grande Tribulação*. De resto, antes de mencionar as vozes proféticas que o anunciaram e anatematizaram, impende esclarecer que Satanás arremeda os feitos e acontecimentos divinos, principalmente os relacionados aos mistérios do Novo Testamento, a demonstrar que sua estratégia é pérfida, que seu objetivo é hediondo. Assim é que, da mesma forma que o Cristo foi anunciado por seu precursor João Batista, Satanás quis também que o seu Anticristo tivesse um precursor, que lhe preparasse os caminhos e o anunciasse como o único salvador da humanidade. Tal é o papel desempenhado pelo Falso Profeta.

Os membros da Congregação, horrorizados, se mantinham não obstante atentos diante das revelações que Cirino fazia. Era tudo aquilo muito estranho e muito novo, assaz fabuloso para uma cabeça habituada a pensar consoante exemplos concretos. De qualquer forma, de desconfiados que eram, curvaram-se depois submissos ao *magister dixit*, etapa anterior e necessária à fase derradeira das crenças e convicções inabaláveis. Cirino, ao contrário, permanecia inalterado face às circunstâncias do momento. Transmitia com segurança ideias claras e fecundas, sem alterar sequer o brilho dos olhos ou a firmeza das mãos. Tudo nesse homem extraordinário era refletido. Seu caráter demasiado excêntrico, demasiado profundo, lhe fazia ver as coisas, não com essa ligeireza perigosa tão peculiar aos políticos brasileiros, mas sim com o cálculo meditado do homem que atingiu a plenitude da maturidade. Calculava como um geômetra o resultado de todas as suas ações, e como estas se inclinavam invariavelmente ao serviço de Deus e à realização do bem comum, acontecia que a quantidade de trabalho que dispensava ao atingimento daqueles fins, multiplicava-se extraordinariamente e com total proveito para a comunidade cristã. Animado de tranquila resolução ao enfrentamento do mal e movido por uma ideia que inteiramente o arrebatava e dirigia, Cirino prosseguiu:

— As Escrituras falam de forma clara desse homem funesto. Dão indicações precisas acerca de suas características e de seus objetivos, alguns dos quais já se realizaram, outros estão em andamento. Em João, 10, 1-2, por exemplo, há uma induvidosa menção à eleição não canônica do falso profeta: "Em verdade, em verdade, eu vos digo, aquele que não entra pela porta no redil das ovelhas, mas nele penetra por outra parte, é ladrão e assaltante. Aquele, porém, que entra pela porta é o pastor das ovelhas". Como punição da apostasia universal e em razão dos muitos pecados que clamam aos céus, Zacarias 11, 15-17 profetizou:

> O senhor me disse: 'Apresta-te agora com apetrechos de pastor — pastor insensato. Com efeito, vou suscitar um pastor nesta terra; com a ovelha perdida não se importará; a desgarrada, ele não a procurará; a que está ferida, dela não tratará; a que está bem de saúde, não a melhorará. Devorará a carne dos animais gordos e lhes fenderá o casco! Ai do pastor de nada que abandona o rebanho! Que a espada lhe dilacere o braço e lhe vaze o olho direito! Resseque-se, sim, resseque-se! Apague-se o seu olho direito, sim, apague-se!

Daniel destaca na descrição que faz do Falso Profeta a sua ingênita capacidade de proferir heresias e blasfêmias, Dan 7, 8: "Eu examinava os chifres, e eis que entre eles se elevou um outro, pequeno chifre; foram arrancados três dos chifres precedentes diante dele. E sobre esse chifre havia olhos, como olhos de homem, e uma boca que proferia coisas monstruosas".

E acrescenta, subindo de tom quanto à malignidade do Pastor malvado, Dn 8, 9-12:

> De um deles saiu um chifre pequenino que cresceu mais e mais em direção ao sul, para o oriente e para a Terra Magnífica. Ele cresceu até o Exército do céu; ele derrubou por terra uma parte desse Exército e das estrelas, que ele pisoteou. Ele cresceu até o Príncipe

desse Exército, arrebatou o sacrifício perpétuo e abalou as fundações de seu santuário. O Exército foi entregue, além do sacrifício perpétuo, com perversidade. O chifre lançou a Verdade por terra e alcançou sucesso naquilo que empreendeu.

E diz mais com referência aos seus adversários, os cristãos perseguidos: "Eu via, e esse chifre fazia guerra aos Santos e os vencia, até que viesse o Ancião e o julgamento fosse dado em favor dos Santos" (Dn 7, 21-22).

Outra importantíssima profecia, relacionada ao Falso Profeta, é a contida em Apocalipse 13, 11-18:

> Vi, então, subindo da terra, outra besta. Ela tinha dois chifres como um cordeiro, mas falava como um dragão. Ela exerce todo o poder da primeira besta sob suas vistas. Ela faz com que a terra e seus habitantes adorem a primeira besta, cuja ferida mortal fora curada. Ela realiza grandes prodígios, a ponto de fazer descer fogo do céu sobre a terra, à vista de todos. Graças aos prodígios que lhe foi concedido realizar sob as vistas da besta, ela seduz os habitantes da terra. Ela os incita a erguer uma imagem em honra da besta que traz a ferida da espada e voltou à vida. Foi-lhe concedido animar a imagem da besta, de tal modo que esta até falasse e mandasse matar todos os que não adorassem a imagem da besta. Faz também com que todos, pequenos e grandes, ricos e pobres, livres e escravos, recebam uma marca na mão direita ou na fronte. E ninguém mais poderá comprar ou vender, se não tiver a marca, o nome da besta ou o número do seu nome. É o momento de ter discernimento. Quem tiver inteligência, interprete o número da besta, pois é número de homem. E o seu número é seiscentos e sessenta e seis.

Cirino fechou a Bíblia, colocou-a sobre a mesa e retomou a conversa, pausando as palavras, como quem espera perguntas. Como elas não vieram, ou porque o tema se mostrasse complexo ou porque a admiração geral obliterasse a curiosidade de alguns, Cirino avançou na discussão, dizendo:

— Espero que tenha ficado claro o papel do Falso Profeta na atual conjuntura histórica. As profecias são bastantes para mim; mas se não forem suficientes para vocês, sugiro que as comparem com os fatos ocorridos durante esses três últimos anos, notadamente a preparação do caminho do Anticristo, o seu surgimento, a criação da Igreja Ecumênica e a perseguição dos cristãos. Se a ocorrência de fatos passados, confirmados profeticamente, não autorizam ainda o seu convencimento, considerem, ao menos, a gravidade dos acontecimentos futuros, descritos nas profecias como punição pela prática da abominação da desolação: a guerra mundial, a alteração do eixo da Terra e a morte de dois terços da população mundial.

Joel nos fala de uma guerra devastadora, em Joel, 1, 6-7; 2, 1-11:

> Um povo ataca a minha terra, é poderoso e inumerável. Seus dentes são dentes de leão, têm mandíbulas de leoa. Ele faz de minha vinha um deserto; minhas figueiras, ele as destroça... Estremeçam todos os habitantes da terra, o dia do Senhor vem, está próximo... Como a aurora, espalha-se sobre as montanhas um povo numeroso e poderoso, tal como nunca se viu, nem haverá outro igual depois dele até os anos das gerações longínquas. Diante dele o fogo devora; atrás, a chama consome... É como o ruído de carros de guerra saltando sobre os cumes das montanhas; como o crepitar de fogueira em chama devorando o restolho; como um povo poderoso preparado para a batalha. Diante dele os povos se contorcem de dor, todos os semblantes enrubescem. Como valentes, eles avançam; como guerreiros, escalam a muralha... Por entre os prados eles se lançam, sem desistir. Atravessam a cidade, correm sobre os muros, assaltam as casas; pelas janelas entram como ladrões. Diante deles a terra estremece, o céu se abala; o sol e a lua escurecem e as estrelas subtraem a claridade, enquanto o Senhor levanta a voz à frente do seu exército. Seus batalhões são numerosos, poderoso é o executor da sua palavra. Grande é o dia do Senhor, terrível ao extremo, quem o pode suportar?

Diante dos olhos esbugalhados de uma plateia atônita, Cirino articulava uma a uma as palavras proféticas, que ressoavam como uma condenação nos ouvidos dos congregados, e a imaginação fez o resto.

— As palavras de Isaías não são menos terríveis — prosseguiu Cirino. — Ele nos fala da alteração do eixo da Terra, cujas consequências serão desastrosas para a humanidade. Isaías, 24, 17-21:

> É o terror, o fosso e a rede para ti habitante da terra. Aquele que fugir do grito de terror cairá no fosso, aquele que conseguir escapar do fosso, será pego na rede. As comportas do alto são abertas, os fundamentos da Terra são abalados. A Terra rebenta, a Terra voa em pedaços, é sacudida com violência. A Terra vacila como um bêbado, é agitada como uma cabana. Sobre ela pesa a sua transgressão, ela cai e não consegue reerguer-se. Nesse dia o Senhor intervirá no alto contra o exército do alto, na terra contra os reis da terra.

Há outra profecia que nos interessa de perto — prosseguiu Cirino, a nós que vivemos neste período da Grande Tribulação, época profeticamente anunciada para que todos saibam que Deus domina os governos e os poderosos do mundo. É uma profecia dura de se aceitar; decerto haverá salvação para aqueles que se refugiarem sob a proteção do Altíssimo. Zacarias, 13, 7-9.

> Fere o pastor, as ovelhas serão dispersadas e minha mão retornará para ferir até os pequenos. Então, em toda a terra — oráculo do Senhor — dois terços perecerão, eliminados, mas um terço sobreviverá. Farei passar este terço pelo fogo, purificá-lo-ei como se prova o ouro. Ele, de sua parte, invocará o meu nome e eu, eu atenderei ao seu apelo. Direi: 'é o meu povo', e ele dirá: 'O meu Deus é o Senhor.'

Sendo o intento de Cirino utilizar sua exposição de um modo que sensibilizasse os congregados, ficou claro, ao término dela, que atingira em cheio o seu objetivo. Disse ele então:

— Caros irmãos! Não inverti a verdade, não omiti nada no meu relato que, desde o princípio, procurou ser fiel aos fatos. Dei-lhes os elementos que autorizam a formação de um juízo sobre a personalidade malévola do Falso Profeta. Vocês sabem agora que, em conluio com o Húngaro infame, ele pretende destruir o cristianismo e exterminar os cristãos; não ignoram também que as condenações proféticas militam contra sua conduta e suas palavras, que são heréticas, sacrílegas e blasfemas. Por essas razões, apelo para os corações de vocês, mais que isso, para a honra de todos, a fim de que se mantenham alertas e prontos para o combate, sempre em favor da maior glória de Deus e contra os que amesquinham o esplendor do seu santo nome.

Os homens tocaram-se muito com a sua fé, com as suas palavras, e, fiéis a estas, prometeram defender aquela ainda que ao preço da própria vida, mesmo cientes do poder avassalador do inimigo e da supremacia absoluta de suas armas, tal era o espírito devoto que os encorajava à luta e até mesmo ao martírio.

CAPÍTULO 19

—

A CHEGADA FESTIVA

—

Numa segunda-feira ensolarada, as ruas e praças da cidade apresentavam um espetáculo surpreendente. Um povo imenso que se empurrava e corria dando gritos de júbilo em todas as direções; arcos triunfais cheios de alegorias e cores, trios elétricos apinhados de gente exultante de alegria, que cantava e dançava, ao som estridente de guitarras elétricas e contagiante dos instrumentos de percussão, tanta era a euforia na cidade, por ocasião da chegada do Falso Profeta.

Não havia janelas, portas ou varandas que não estivessem cheias de rostos risonhos e alegres, bandeiras e faixas, que tremulavam como os estandartes de um exército em campo de batalha. Por toda a parte, ouvia-se um ruído atroador, semelhante ao de uma ventania, proveniente dos altofalantes dispostos ao longo das ruas por onde passaria o inimigo de Deus; por todos os lados brilhavam turbilhões coloridos de vários matizes e irrompia o estrépito dos surdos e tamborins de uma famosa Escola de samba.

Enquanto se realizavam tais acontecimentos, o povo do Rio estava ansioso por conhecer o seu novo líder espiritual, e todos preparavam coroas de flores para arrojar-lhe aos pés, ao mesmo tempo em que salvas de canhão anunciassem o início do cortejo.

O carro que conduziria o Falso Profeta aguardava-o no interior do aeroporto; os seguranças conversavam com os soldados da guarda no espaçoso vestíbulo reservado, ao passo que os onze ministros do Tribunal Soberano, perfilados no pátio exterior do aeroporto, aguardavam o momento solene da saudação ao ilustre visitante. O povo, sempre curioso, desocupado e então miserável, contemplava com avidez as celebridades da comitiva oficial. Diz-se miserável, porque nunca o povo brasileiro havia chegado a um estado mais lastimoso de decadência e abandono, triste herança de uma sucessão de governos socialistas, que reduziu o Brasil a uma agonia prolongada, ao fim da qual o país foi subjugado, sem resistência, pelo comunismo da Nova Ordem Mundial. Esses fatais sistemas, um, de expurgo, o outro, de escravidão, acabaram com a agricultura, a indústria, o comércio e as artes em geral.

Assim tinha que suceder definitivamente: o homem brasileiro falto de todos esses elementos que constituem a riqueza das nações, convertido em um aspecto humano, um ser incapaz sem passado e sem glória, e sem outro abrigo que a proteção paternalista do Estado, longe de integrar-se na cadeia produtiva pelo empreendimento enriquecedor da economia e do caráter pessoal, tinha em mira apenas a investidura num cargo público ou a obtenção de variados programas de assistência. Assistia descaradamente a todas as diversões públicas, que lhe proporcionavam os governos socialistas, com o estômago vazio e a roupa remendada, sempre pronto para aplaudir e para gritar, eufórico, os nomes de seus ídolos ou para comemorar um gol.

Pois bem, esse povo que padecia tais privações é o mesmo que aguarda a passagem do carro do Falso Profeta, pálido, magro, ignorante, porém sempre burlão e alegre, ora cantando refrões ridículos, ora trocando farpas com o vizinho ao lado.

Chegado que foi à rua adjacente ao aeroporto, o carro do visitante deixou-se ver com todo o seu esplendor, seguido de um andor sobre o qual a imagem enorme da Pachamamma atraía a atenção da multidão que delirava de prazer sacrílego. Não ficou pescoço que se não estirasse, nem olhos que não se fixassem naquele monumento disforme que, apesar de medonho, recebia do público todas as manifestações de louvor, consideração e respeito.

Aquela gente humilde, que havia passado horas de incômodo e de calor severo para saudar o pontífice da Igreja Ecumênica, não recebeu em troca nenhum sorriso sequer, nenhuma leve inclinação de cabeça do religioso soberbo. Este passou rapidamente do avião ao carro, onde se ocultou entre as largas dobras de seu manto escarlate;

deu, em seguida, uma ordem reservada ao seu secretário, este comunicou-a ao motorista, e depois de se posicionarem, o primeiro ao lado do visitante, o segundo ao volante, partiram com extraordinária rapidez em direção ao local onde o Falso Profeta faria um discurso de saudação ao povo brasileiro. A multidão dos curiosos, pouco satisfeita do espetáculo, seguiu mesmo assim a comitiva, cantando e gesticulando, até a parada final do veículo no Palácio da Cidade.

O Palácio da Cidade era a residência oficial dos ministros do Tribunal Soberano no Rio de Janeiro. Servia também como hospedagem para altas autoridades que vinham do exterior. A sala onde o Falso Profeta iria fazer o seu pronunciamento era um esplêndido conjunto de luxo e preciosidades. Magníficos espelhos da Boêmia contrastavam com a dourada mobília importada de Flandres, e com o formoso cortinado de veludo azul. Pendia do teto um suntuoso lustre, em torno do qual o artista havia colocado águias volantes e vários arabescos, que aquelas sustinham ora com seus bicos, ora com suas garras, enquanto um delicado perfume, que esparziam algumas plantas exóticas, adormecia os sentidos, debaixo de uma atmosfera tão cheia de emanações como de riqueza.

A severidade do *Inimigo de Deus* aumentava à medida que se aproximava a hora de seu teatral manifesto. Ou fosse por uma excessiva desconfiança, ou por saber-se de antemão já condenado, ou por alguma causa mais obscura e misteriosa, o certo é que havia se rodeado de capangas, de pistoleiros e de dezenas de guarda-costas. Decerto sabia seu destino e estava resignado.

O Falso Profeta iniciou o seu discurso abruptamente, indo direto ao ponto. A transmissão foi feita ao vivo para todo o território nacional.

— O mundo precisa de uma religião antropocêntrica. O teocentrismo mostrou ser imprestável para responder as grandes questões que afligem a sociedade contemporânea. A consequência necessária do que eu acabo de dizer é que nada obsta à abolição da religião no Ocidente cristão, seja que se a encare segundo os princípios da razão abstrata ou sob o ponto de vista do interesse da comunidade internacional. Ao contrário, todos os argumentos derivados dessas fontes militam em favor de sua abolição, e militam bem mais em favor de uma abolição completa do que duma abolição gradual. Mas por que é preciso abolir a religião? A resposta não pode ser outra senão porque ela representa uma incongruência gritante com o progresso material dos povos, e se é incongruente, tem que ser também injusta. Sendo assim, se é por sua injustiça que é preciso abolir a superstição, por que não a abolir agora? Por que permitir que a injustiça exista um só momento? Algumas pessoas crédulas supõem que a religião satisfaz uma necessidade básica do espírito humano. Concedendo que exista um tal espírito, não resulta demasiadamente óbvio que essa necessidade correspondia a uma fase primitiva do agregado humano, e que, pela mesma razão, ela não pode subsistir agora? Outras criaturas mais práticas são levadas a crer que a religião constitui um mal necessário. O fato capital é que a origem do mal é um assunto acima da inteligência humana; e se ele é permitido por um ente supremo ou pela natureza é uma questão que permanecerá aberta enquanto houver filosofia. Por mais que se reflita a respeito, só se poderá afirmar que todo mal necessário supõe que não se poderá curá-lo sem se ocasionar um mal maior. Ora, eu pergunto, que outro mal nascerá da cura deste? Eu não concebo que tenha existido algum mal, ou que possa existir presentemente um mais espantoso que manter centenas de milhões de indivíduos nas trevas da ignorância e do erro, através do esforço combinado de várias igrejas e hierarquias sacerdotais, assim como do prestígio de leis emanadas de assembleias que se jactam de ser progressistas e civilizadas.

A bem da verdade, eu quero suprimir a religião, mas não desejo extinguir nos corações o sentimento religioso. Por isso, exorto-os em termos da mais extremada consideração a concentrar sua adoração e suas preces nessa divindade humana, demasiadamente humana, que não exige de vocês senão um ritual simples de evocação dos antepassados; nunca o sacrifício dos prazeres que os sentidos dão ou das ações que os instintos pedem. A Pachamamma é uma deusa sob medida para as exigências do homem global.

Da sacada do Palácio da Cidade, expuseram à multidão nas ruas a estátua grotesca da deusa indígena. O delírio popular foi completo e demorado. Os homens simulavam o disparo de flechas, as mulheres sincronizavam os passos cadenciados de uma dança tribal. Dir-se--ia que se operava ali uma regressão coletiva à condição selvagem. O visitante aproveitou o momento de tresvario generalizado para avançar mais fundo na sua louca proposição.

— Como toda divindade, a Pachamamma detesta concorrentes. Não basta que ela reine sozinha em seus corações. Urge que os usurpadores sejam exterminados. E é para isso que eu vim até aqui. A Pachamamma exige o mesmo respeito que se tributava ao deus destronado! Extirpem de suas casas, de suas ruas, de suas praças, todo monumento, símbolo, estátua ou imagem do deus deposto! A começar pelo Corcovado!

CAPÍTULO 20

—

O CONFRONTO FINAL

—

Um profundo silêncio se fez imediatamente. O que ele queria dizer ao falar do Corcovado? Em busca de respostas, a multidão pasmava desorientada, até que entressentiu a intenção que o Falso Profeta ocultava atrás de expressões vagas e confusas. Este percebeu a hesitação geral, e reformulou sua proposição anterior, sendo agora mais incisivo e menos cauto.

— Toda adesão a uma ideia pressupõe uma ruptura com uma convicção anterior, de modo que tanto mais firme e sincera será aquela, quanto mais preterida e conculcada for esta. Ou será possível servir a dois senhores ao mesmo tempo? Antes que desentender-se da condição humana, com o cristianismo, não será mais sensato e prazeroso, sem ele, deleitar-se com os prazeres que só nascem do corpo e para ele retornam ampliados?

A opção pela Pachamamma já foi feita nos corações, cumpre agora demonstrá-la com ações concretas, que não deixem a menor dúvida quanto à certeza da nossa fé, quanto à lealdade que votamos à nossa deusa, quanto ao desprezo que nutrimos pelo mistificador que, culposamente, alardeia, no alto do Corcovado, um título que não lhe convém e um pedestal usurpado que, em breve, ser-lhe-á arrebatado. Vamos todos ao Corcovado, e destronemos o usurpador!

O populacho exultou de júbilo ao ouvir a tenebrosa convocação do Falso Profeta. Parecia que a depredação de um monumento santo, somada à ação coletiva, conduzida por agitadores profissionais, restaurava os "direitos" primitivos da multidão, com tudo que há neles de desordem, de vertigem e de demência.

A procissão sinistra, munida de picaretas, marretas, martelos e pás, era seguida de perto pelo carro do Falso Profeta, ora espalhando o horror, ora atraindo novos adeptos. Seguia a pé um trajeto enorme e escabroso, incansável e determinada, afinal o gênio malévolo que habita as multidões não come, não dorme, não descansa, antes de consumar o propósito vandálico que o anima.

Cirino e seus comandados aguardavam, diante da TV, o desenrolar dos acontecimentos até o momento em que ficou claro que não era mais possível esperar. Tudo já estava preparado para uma reação, mesmo armada. O grupo ocupou três veículos grandes, que transportavam também armas e munição, e partiu para o Corcovado. O Tribunal Soberano, visto o possível desfecho sangrento da luta e a insofrida determinação da multidão, enviou para o Corcovado um destacamento de cem policiais do exército para assegurar a calma e pacífica demolição do monumento. Precederam-no, porém, os Cavaleiros da Rainha, que ocuparam os postos chaves no morro, em torno da estátua do Cristo.

Chegaram, por fim, os inimigos de Deus, portando os instrumentos de depredação e bandeiras vermelhas, acompanhados do Falso Profeta e dos cem militares. Cirino então gritou:

— Desistam desse intento sacrílego, ou muitos morrerão antes que a estátua seja sequer arranhada!

Seriam cinco horas da tarde, hora de pesadume e sonolência, em que frequentemente o corpo vence o espírito. A névoa era cada vez mais espessa. Confundiam-se os objetos, toldados por um véu opaco e denso. Quase se não podia distinguir um vulto a poucos passos de distância. Era uma situação de solene e terrível ansiedade. Na muralha à esquerda, defendida apenas por Cirino e Malvino, surgiram duas sombras, alteando-se progressivamente. Pulando como o jaguar sobre a presa, o primeiro deu um bote irresistível no pescoço do vulto que subia, imobilizando-o, e logo, num furioso movimento de rotação, o segundo atingiu com mão certeira a garganta, puxando para cima o invasor desacordado, que já deitava as mãos ao parapeito para saltar.

Ficou claro para os expugnadores que a tomada da santa cidadela não poderia ser feita a expensas das armas. Os militares formaram então um cordão de trincheiras em volta do morro e pediram reforços. Compunham-se estes de quinhentos homens, uma companhia de assalto, que reforçava o destacamento primitivo no caso de resistência maior. Tomaram posição sob as ordens de um oficial superior.

— Pontarias baixas, artilheiros! — bradou o capitão — Fogo!

Uma detonação formidável despertou os ecos gementes da floresta, e foi rebombar lá embaixo na imensidão do oceano. Os fuzis e as escopetas soaram quase uníssonas. Logo em seguida, novo fusilar das armas, seguido novamente do estampido das peças, foi continuar o estrago na base do monumento. Os sitiados responderam imediatamente com descargas de metralhadoras e pistolas. Fez-se silêncio por algum tempo.

— Parece que os soldados recuaram — disse Valente.

— Para ordenar-se — disse Cirino —, para voltarem de novo com maior fúria. E virão agora movidos de vergonha pelo fracasso das duas arremetidas; mais ainda, virão incitados pelo desejo de vingança. Esses hereges são bons soldados, soldados experientes, gente de guerra briosa e valente. Eles vão mudar de estratégia.

Efetivamente, duas longas colunas avançavam por entre o nevoeiro, que ia rareando. Os sitiantes tinham mudado a sua disposição, e procuravam oferecer a menor frente possível aos tiros dos assediados. Todos ocuparam as trincheiras e descarregaram sucessivas detonações. A cidadela foi literalmente coberta de fogo de granadas, morteiros e fuzis. Realizava-se largamente a prudente e sábia previsão de Cirino: "os atiradores inimigos retribuirão por atacado, o que terão recebido a varejo".

A guarnição dos sitiados resistia, abrigada dos tiros. Só Cirino e Malvino, firmes e eretos nas suas posições, pareciam desafiar aquela tempestade de fogo, observando e avaliando os incidentes do ataque. Cirino, com os cotovelos fincados no parapeito, contemplava aquele espetáculo com a indiferença filosófica de um homem para quem é trivial tudo o que está vendo, e o mais que advinha.

Nisto, o fogo dos militares cessou de novo e subitamente. Os sitiados então deram-se conta de que havia duas baixas, por morte.

— A eles, amigos! — gritou Cirino — Ocasião é de vingarmos os mortos!

Ao mesmo tempo, voava o inimigo ao assalto, não já colhido na tentativa de surpresa, mas com a certeza e consciência da oposição que encontraria.

O verdadeiro combate principiou. Parecia toda inflamada a cidadela, tantas eram as invenções de fogo que dos parapeitos eram arrojadas. No meio desse incêndio, defensores e assaltantes, igualmente irritados, igualmente irados, chegaram em breve àquele paroxismo de furor, que faz desprezar a vida para só lidar com a morte. Choviam, incessantes, dos parapeitos do monumento, os estampidos da metralha, os arremessos de pedras e as matérias incandescentes. De cima e debaixo, misturavam-se em pavorosa grita os gemidos e as blasfêmias.

Crendo que os sitiados apenas postergavam a rendição, os assaltantes dispuseram uma escada a prumo e escalaram o morro até o parapeito. Malvino, sem dizer palavra, aferrou-se com a mão esquerda ao rebordo do parapeito, segurou com a direita a escada, e prolongando meio corpo fora da cidadela, como um heroi de Homero, precipitou no espaço aquele cacho humano apenso aos degraus, como se uma catapulta o despedira. A escada, neutralizando o imenso esforço com o ímpeto e o peso dos que subiam e se achavam já para cima do centro, pareceu vacilar na perpendicular, mas caiu para longe do morro, arrastando consigo bom número de soldados para o fundo do abismo.

Foi o exemplo um grande incitamento. A gloriosa façanha de Malvino levantou os brios dos indecisos. Viu-se que os militares não eram invencíveis. Envergonharam-se muitos de suas pusilanimidades, e vieram engrossar o pequeno número de homens resolutos e dispostos ao sacrifício.

Do outro lado, o oficial entendeu que as escaramuças não seriam suficientes para desalojar os rebelados. Não podia, entretanto, acusar os seus homens de frouxidão. As perdas graves que tinham padecido os militares, dentre as quais a morte de muitos soldados e a destruição de muitas peças, atestavam que fora grande o esforço e pertinaz a luta. Urgia pedir socorro aos paraquedistas.

Na manhã do dia seguinte, o vasto céu azul coloriu-se de numerosos pontos amarelos. O fato chamou a atenção de Cirino, que, muito preocupado, disse em voz alta a seus homens:

— Era o que eu temia! Dentro em breve os paraquedistas despejarão intenso fogo do céu. Todos morreremos um dia; e a melhor morte para um homem é cair de cara com o inimigo, principalmente quando os inimigos são uns cismáticos e hereges, como esses homens que agora nos atacam. Expor vidas... ou a vida... Quando se a pode preservar, é louca temeridade; é um crime contra a pátria, por ser inútil sacrifício, que depois vem a fazer falta na ocasião oportuna. Se essa fosse a nossa circunstância, eu não hesitaria em me render. Mas o inapreciável e subido objetivo que perseguimos não comporta transações; cumpre tributar-lhe, se necessário, o sacrifício de nossas próprias vidas.

Mal terminou Cirino sua alocução, o fogo do alto começou a fazer estragos na cidadela. Malvino neutralizou quatro paraquedistas; Cirino fez outro tanto. Infelizmente, outros dez desceram no Corcovado atirando. Ao mesmo tempo, a aguerrida artilharia inimiga logrou galgar o declive do morro, chegando até os parapeitos, agora desguarnecidos. Acima de tudo, resistiam os peitos e os braços de uma guarnição, que nem tremia, nem recuava diante do mais iminente risco e mais desproporcionado conflito. No auge deste, sobreveio um incidente, que sublimou o horror da luta. Uma rajada de metralhadora atingiu em cheio Cirino e depois Malvino. Ambos vieram ao chão, o primeiro sem vida; o segundo, agonizando. Valente correu para socorrer o amigo, que apenas murmurou, em seus braços:

— Fausto, eu cumpri a promessa que te fiz!

E Malvino expirou.